MYSTIC LIGHTHOUSE MYSTERIES

双《ふた》子《ご》探《たん》偵《てい》ジーク&ジェン ③

呪《のろ》われた森の怪《かい》事《じ》件《けん》

ローラ・E・ウィリアムズ／石田理恵訳

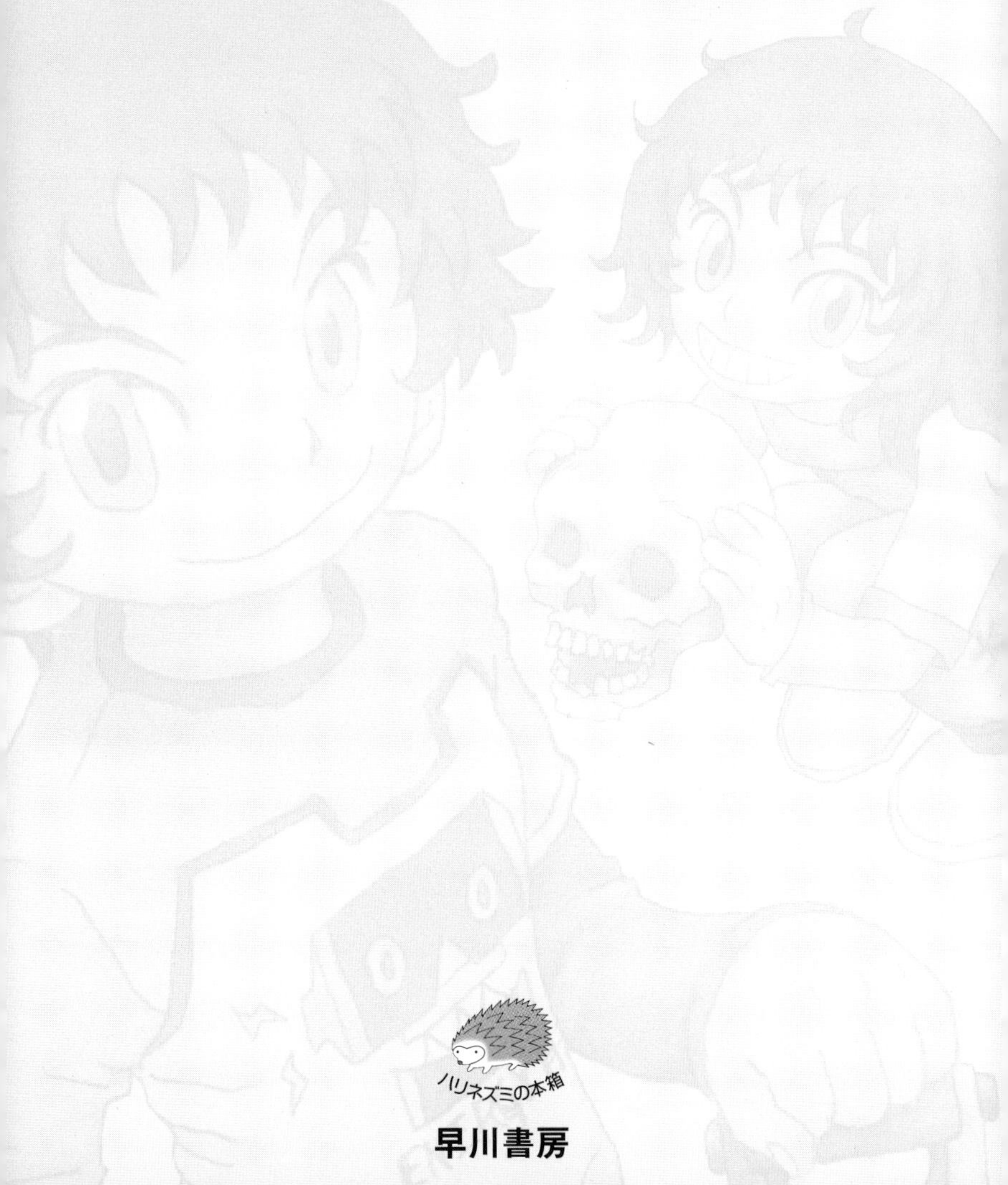

ハリネズミの本箱

早川書房

〈双子《ふたご》探偵《たんてい》ジーク＆ジェン③〉

呪《のろ》われた森の怪事件《かいじけん》

THE MYSTERY OF THE BAD LUCK CURSE
by
Laura E. Williams

Translated by
Rie Ishida
First published 2006 in Japan by
Hayakawa Publishing, Inc.
This book is published in Japan by
arrangement with
Scholastic Inc.
557 Broadway, New York, NY 10012, U.S.A.
through Japan Uni Agency, Inc., Tokyo.
さし絵：モリタケンゴ

この本を作家仲間《なかま》のデビー・コンラッドと
メアリー・キャンピシに捧《ささ》げます。

もくじ

登場人物《とうじょうじんぶつ》

ジーク&ジェン

11歳の双子《ふたご》のきょうだい

ビーおばさん

ジークとジェンのおばさん。

ミスティック灯台《とうだい》ホテルの主人

ウィルソン刑事《けいじ》

ミスティック警察《けいさつ》の元刑事

マーフィ教授《きょうじゅ》

考古学者。遺跡発掘《いせきはっくつ》の責任者《せきにんしゃ》

フランク・プルイット

考古学者。もうひとりの責任者

マイケル・ダーンズ

マーフィ教授の助手

ローリ・テイラー

マイケルの助手

そのおかあさん

美容師《びようし》

ジェレマイア・ブレイク

ジークとジェンの同級生

ケイスリーさん

灯台《とうだい》ホテルの客

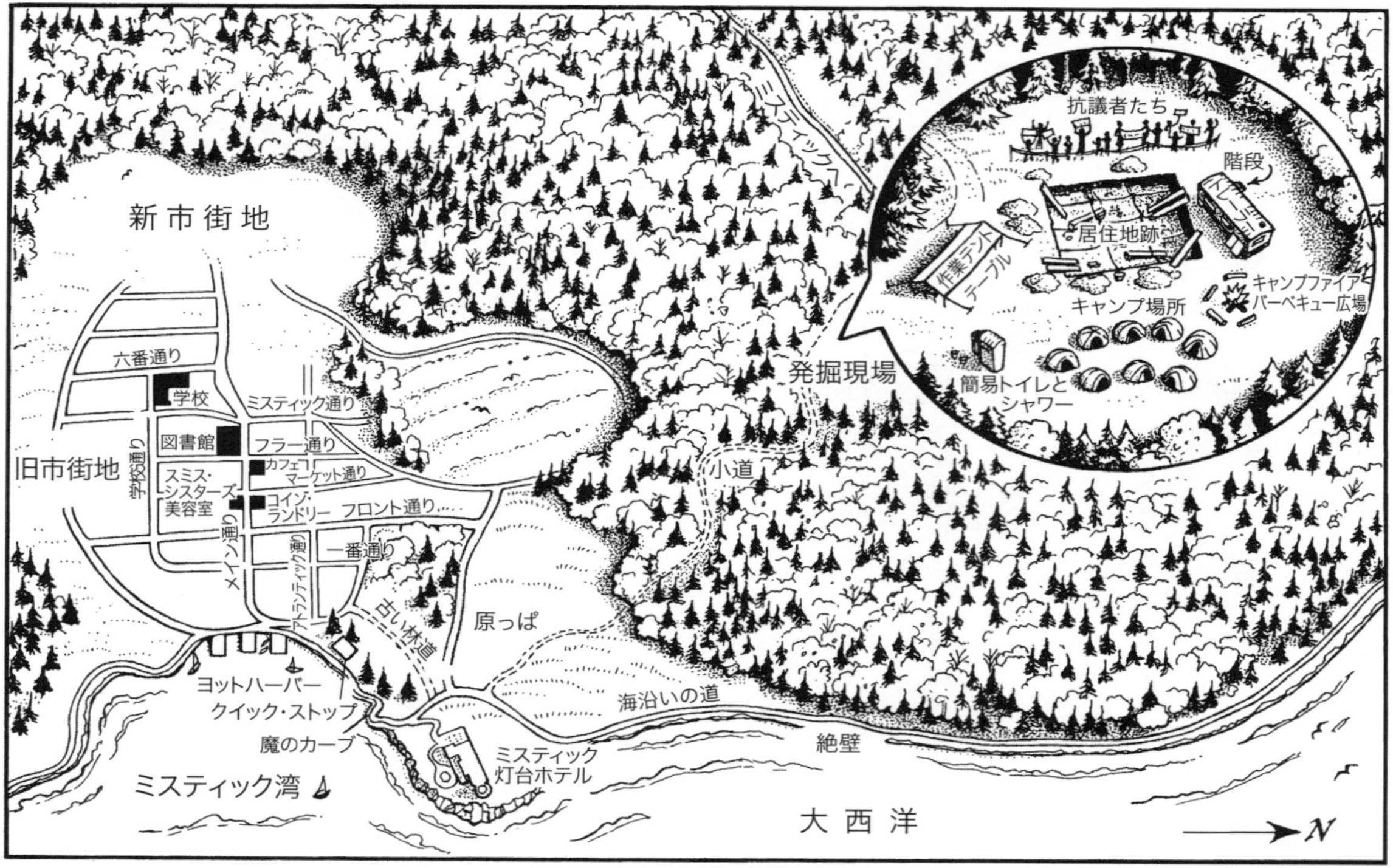
新市街地
旧市街地
六番通り
学校
学校通り
ミスティック通り
図書館
フラー通り
スミス・
シスターズ
美容室
カフェ
マーケット通り
コイン・
ランドリー
フロント通り
メイン通り
アトランティック通り
一番通り
古い林道
原っぱ
ヨットハーバー
クイック・ストップ
魔のカーブ
ミスティック
灯台ホテル
ミスティック湾
海沿いの道
絶壁
大西洋
小道
発掘現場
ミスティックへ
抗議者たち
階段
居住地跡
作業テント
テーブル
キャンプファイア
バーベキュー広場
キャンプ場所
簡易トイレと
シャワー
N

読者のみんなへ

『呪《のろ》われた森の怪事件《かいじけん》』へようこそ。この謎《なぞ》を解《と》くのはきみだ。犯人《はんにん》に結《むす》びつく手がかりは話の中にかくされている。巻末《かんまつ》にある「容疑者《ようぎしゃ》メモ」を使ってみよう。必要《ひつよう》ならコピーを取って、あやしいと思ったことを書きだすのだ。双子《ふたご》探偵《たんてい》ジークとジェンも同じ容疑者メモを使って謎を解いていく。さあ、きみはジークとジェンよりも先に『呪われた森の怪事件』を解決《かいけつ》できるかな。

幸運を祈《いの》る！

第一章　脅《おど》し

ジークは砂《すな》ぼこりがまう発掘現場《はっくつげんば》を興味《きょうみ》しんしんで見つめていた。社会科の課外授業《かがいじゅぎょう》でここに来たのだった。色ちがいのロープで区分けされている居住地跡《きょじゅうちあと》では、大学生たちがいくつかのグループに分かれ、四つんばいになって作業《さぎょう》をしている。歯ブラシや小さなスプーン、そしてパスタ用の水切りざるのようなもので、土の中を調べている。

「つまらなそう」ジェンが双子《ふたご》の兄にささやいた。

ジークは肩《かた》をすくめた。おもしろそうなのに。ジークは手をあげて案内役《あんないやく》にたずねた。「なにか重要《じゅうよう》なものは発見できましたか？」

まだ若《わか》いその考古学者《こうこがくしゃ》は、一瞬困《いっしゅんこま》ったような顔を見せ、ツンと立てている短い金髪《きんぱつ》のあいだに泥《どろ》だらけの指を走らせた。「なかなかそうもいかなくて。陶器《とうき》のかけらや道具、ナイフやボウルなどはたくさん見つかった。でももっと重要《じゅうよう》なものがあるはずなんだ。ミスティックの町ができるまえにここに入植《にゅうしょく》した人たちは、一六九八年の夏に全員死んでいる。言い伝《つた》えによると、殺《ころ》されたというんだ。その人たちの身になにが起きたのか、その証拠《しょうこ》が眠《ねむ》っていると思う」

ジェンはぶるっと体をふるわせ、あたりを見まわした。ここが大量虐殺《たいりょうぎゃくさつ》の現場《げんば》だったというわけ？　気味が悪い。そんなところをいったいどうして掘《ほ》り起こそうなどと思うのだろう。ぞっとする。

「どんな言い伝えなんですか？」ミスティック小学校でジークといちばん仲《なか》のよいトミーがきいた。

見学ツアーの最初《さいしょ》にマイケル・ダーンズと名乗っていたその案内役《あんないやく》は、落ち着かない様子で広い肩《かた》をすくめた。「くだらない昔話だよ。考古学をやっているとよく聞くような話さ。ナイフをふりかざす殺人犯《さつじんはん》の幽霊《ゆうれい》が出没《しゅつぼつ》するというんだ。そしてもしこの場所を掘り起こそうとしたら、入植者の子孫《しそん》におそろしい不幸がもたらされる。呪《のろ》われている、というわけだ。そんなくだらない話だよ」

ジェンとジークは顔を見あわせた。自分たちの家、つまりミスティック灯台《とうだい》ホテルでのこれまでの経験《けいけん》から、言い伝《つた》えがすべてくだらない作り話とはかぎらないと知っている。そこでジェンがあることに気づいた。「もし全員が殺《ころ》されたのなら、どうして子孫《しそん》がいるんですか？」マイケルにたずねた。

「いい質問《しつもん》だね」とマイケル。そしてまるでないしょ話をするかのように、生徒《せいと》たちのほうに体をかたむけた。「子どもが――男の子がひとり、生き残《のこ》ったと言われているんだ」

全員だまりこんでしまった。ひとり生き残ったかわいそうな男の子、そしてこのどこかにひそんでいるかもしれない幽霊《ゆうれい》のことを考えていたのだ。

みんながとつぜん真剣《しんけん》な表情《ひょうじょう》になったので、マイケルは笑《わら》った。「とはいっても、幽霊なんか見たことないよ。みんな、それを気にしているんだろう」そしてキャンプ場所を指さした。「ぼくたちはみんなここで寝泊《ねと》まりしているんだ。でも夜中に悲鳴をあげて逃《に》げまわるなんてことはこれまで一度もないよ」

ジークは居住地跡《きょじゅうちあと》から五十メートル足らずのところに、小さなドーム型《がた》テントが森の木に沿《そ》ってならんでいるのを見た。ちょうど森の入り口のところだ。

「なんかかっこいいな」うらやましそうにテントを見ながらトミーが言った。「寝袋《ねぶくろ》で寝て、火をたいて料理《りょうり》するんですか？」

マイケルはにこっと笑《わら》った。「そうさ。みんな寝袋持参《じさん》さ。ローリお嬢《じょう》さま以外《いがい》はね。ぼくの助手だけど、自分専用《せんよう》の簡易《かんい》ベッドにシーツ、それに枕《まくら》まで持ってきているんだ。火をたいて料理するときもあるけど、みんなたいていは町に出てハンバーガーかピザですませちゃう」

「いつまでここにいるんですか？」トミーがきいた。

「終わるまでさ」とマイケル。「もしくはエイボン大学が調査費用《ちょうさひよう》を打ち切るまで」そして不安そうに居住地跡《きょじゅうちあと》の横に目をやった。そこでは、メイン州《しゅう》ミスティックの住民《じゅうみん》たち十数名がデモをおこなっていた。「もっともあの人たちの思いどおりになれば、すぐにでも荷物をまとめているところだけどね」

ジェンはデモに参加《さんか》している人たちを見た。ほとんど知っている人たちだ。ジェンとジークは二歳《さい》のころからミスティックに住んでいる。両親を交通事故《じこ》で亡《な》くし、おばあちゃんの妹であるビーおばさんのところで暮《く》らすようになったのだ。ミスティックは小さな町なので、おたがいのことを知らないでいることのほうがむずかしい。抗議《こうぎ》をしている人たちはみなプラカードを持ち、静《しず》かに行ったりきたりしている。派手《はで》なオレンジ色のプラカードには「過去《かこ》を掘《ほ》り起こすな！」とある。別《べつ》のプラカードには「帰れ！　過去にさわるな！」と書かれてある。

どうしてあの人たちは発掘《はっくつ》をそんなに嫌《きら》うのかしら。ジェンは不思議《ふしぎ》だった。あの言い伝《つた》えと関係《かんけい》があるのかな。この人たちはみんな殺《ころ》された入植者の子孫《しそん》なの？　呪《のろ》いを心配しているの？

クラスのみんなが考古学者たちの作業《さぎょう》テントへと向かったので、ジェンは抗議をしている人たちに背《せ》を向けてついていった。屋根だけの大きなテントの下には、長方形の机《つくえ》がつながってならんでいる。ひとつの机には、しるしのついた土の山がいくつもならんでいる。ひとりの大学生がその土をふるいにかけ、意味がありそうな破片《はへん》をひとつひとつ取りだしている。取りだされた破片には、識別《しきべつ》記号が記される。マイケルの説明《せつめい》によると、どこで見つかったのかがわかるようになっているのだという。ジークが見ると、ボウルや水さしの破片、それにスプーンのようなものがいくつかあった。

マイケルが次に案内《あんない》してくれた机では、ひとりの若《わか》い女の人が出土品《しゅつどひん》を調べたうえで、ていねいにしるしをつけ、きちんとならべていた。

「ぼくの助手をしているローリ・テイラーだよ」とマイケル。「またの名をローリお嬢《じょう》さま」とからかった。

その女の人は細いメタルフレームのめがねの奥《おく》からちらっと見あげ、生徒《せいと》たちに軽く会釈《えしゃく》をし、そのあとでマイケルをにらみつけた。ふさふさの茶色い髪《かみ》をうしろできちっと束《たば》ね、薄《うす》いピンク色の口紅《くちべに》をつけていた。腕《うで》には少なくとも五本のブレスレットがチャラチャラと音をたて、ジェンが見たところ、爪《つめ》にはうっすらとむらさき色のマニキュアが塗《ぬ》られていた。発掘作業《はっくつさぎょう》をするほかの人たちは、みんな泥《どろ》まみれの爪をしているのに。

「あまりこの仕事が好《す》きじゃないみたいね」ジェンは親友のステイシーにささやいた。

「一日じゅう土をひっかきまわしているのが楽しいわけないいじゃない」ステイシーがやはり小声で返した。

マイケルがこわれてぼろぼろになった人形をかかげた。「ぼくたちが発見したもののひとつがこの陶器製《とうきせい》の人形だ。おそらく入植者たちがヨーロッパから持ちこんだものだよ」

「あっ、あれトミーの人形じゃないか！」うしろのほうでだれかが叫《さけ》んだ。

ジークは笑《わら》いをこらえた。担任《たんにん》のローズ先生がみんなをキッとにらみつけた。

「ぼくたちはどんなに小さなものでも、見つけたものにはすべてしるしをつけます。この特殊《とくしゅ》なインクを使って、いつ、どこで見つかったかを記しておくんだ」マイケルは机《つくえ》の端《はし》にあるインクのびんを指さしながら説明《せつめい》をつづけた。「そして、同じボウルの破片《はへん》がいくつもあることがわかると、それを復元《ふくげん》してみる。足りないところは石膏《せっこう》で埋《う》めてね」そう言いながら、マイケルはずんぐりとしたボウルをかかげた。単純《たんじゅん》な幾何学模様《きかがくもよう》が描《えが》かれているボウルだが、ところどころごく薄《うす》い灰《はい》色の石膏が埋めこまれ、その模様がとぎれている。

マイケルはそのあとも出土品をいくつか見せてくれた。ジェンは上《うわ》の空でその説明を聞きながら、あたりを見わたした。作業テントとキャンプ場所のあいだのわきのほうには、簡易《かんい》トイレが設置《せっち》されている。間に合わせのシャワーもある。地下から水道を引いたものではなく、バケツに水をくんでおいて使うタイプだ。そして、ほこりをかぶった深緑色のトレーラーがとまっている。マイケルがさっき説明してくれたところでは、このトレーラーは調査団長《ちょうさだんちょう》を務《つと》める考古学者二人の共用《きょうよう》の事務所《じむしょ》となっていて、重要《じゅうよう》なメモや書類《しょるい》、さらには出土したあと、しるしをつけたものをすべて記載《きさい》したリストがここに保管《ほかん》されているらしい。

ジェンがそのトレーラーの方向を見ていると、ごわごわした鋼《はがね》色の髪《かみ》よりもさらに白いひげをうっすらと生やした、ずんぐりした男の人がひとり、トレーラーからとびだしてきてドアをばたんと閉《し》めた。赤毛の男性《だんせい》が窓《まど》から顔を出して、叫《さけ》んでいる。「あんたのことを見張《は》っているからな、マーフィ。なにかたくらもうと思っても、そうはいかないぞ」

一瞬《いっしゅん》、マイケルはその事態《じたい》に困惑《こんわく》した様子を見せたが、あわてて気を取りなおし、生徒《せいと》たちの注意を引いた。だがジェンの注意だけは引けなかった。マーフィと呼《よ》ばれた背《せ》の低《ひく》い男の人が、作業員《さぎょういん》たちの働《はたら》いている場所へと大またで歩いていく様子を、ジェンは好奇《こうき》の目で見つめていた。歩くたびにぼさぼさの髪《かみ》がゆれている。遠くだったので言葉までは聞こえなかったが、腕《うで》を大きくふっている様子から、作業員たちにどなりちらしているのがわかった。作業員のひとりは泣《な》きだし、その場から去っていった。

「おまえはクビだ！」マーフィがその女の人の背中に向かって叫んだ。

マイケルはさわぎに負けまいと、声をはりあげていたが、この最後《さいご》のひと言でだまりこんでしまった。みんながふりむくと、そのマーフィという人が近づいてくる。

マイケルがせきばらいをした。「マーフィ教授《きょうじゅ》です」その背の低い男の人がみんなのところに来るや否《いな》やマイケルがみんなに紹介《しょうかい》した。「調査団長《ちょうさだんちょう》をしている考古学者のひとりで……ぼくの上司《じょうし》でもあります」

マーフィ教授《きょうじゅ》は生徒《せいと》たちを見わたしたかと思うと、マイケルに向かって、声をひそめて言った。

「この子たちをここから追いだせ。やるべきことがあるだろう」

マイケルは肩《かた》をすくめた。上司の態度《たいど》に気まずくなっているようだ。「ちょうど見学ツアーも終わりです」とみんなに言った。「ぼくも作業《さぎょう》にもどらなくてはいけないし、みんなはこれから〈バーガー・バディーズ〉でお昼だってね」

ローズ先生はみんなを集めると、スクールバスへと向かった。ジークはひとり、マイケルのところに行き、四つめの机《つくえ》を指さしてきいた。黒いビニールシートでおおわれている机だ。

「あの下にはなにがあるんですか？」

ジークが指さした机へと、マイケルの視線《しせん》がさっと向いた。「べつに」ぴりぴりした様子であたりを見まわす。「たいしたものじゃないよ」その言葉で、ジークの好奇心《こうきしん》に火がついた。だれかが「たいしたものじゃない」と言うときは、決まってたいしたものなのだ。マイケルが上司から これ以上怒《いじょうおこ》られないよう、ジークはあえてしつこくはきかなかった。そして走ってトミーに追いついた。「あのマーフィ教授って人、ほんとうに気むずかしそうだね。いっしょに働《はたら》くのはごめんだな」発掘現場《はっくつげんば》をふりかえりながら、ジークは言った。「でもあの言い伝《つた》えはなんだかおもしろそうだね。ほんとうだと思う？」

トミーはジークを見た。「おまえもジェンも、どうせほんとうかどうか自分で調べる気なんだろ」

ジークは笑《わら》った。「おもしろいだろうな――」

とつぜん、だれかがジークをうしろから思いきり突《つ》きとばした。「ジーク、首をつっこむんじゃないぞ」かすれたような声が聞こえた。「さもないとおまえが痛《いた》い目にあうからな！」

第二章　ナイフ

ジークがふりむくと、ジェレマイア・ブレイクがにらんでいた。「わかったな、首をつっこむなよ！」

ジークが言いかえす間もなく、ジェレマイアは怒《おこ》った顔で歩き去っていった。

「なんだよ、あいつ」トミーがささやいた。

ジークは眉《まゆ》をひそめた。「あいつ、なにを気にしてるんだろう」

「今のはなに？」ジェンが近づいてきていた。「ジェレマイアに脅《おど》されたの？」

「そうなんだよ」ジークが答えるまえにトミーがかん高い声で答えた。「せんさくするなだって」

「せんさくって、なにを？」

ようやくジークも口を開くことができた。「あの言い伝《つた》えだよ。調べてみるのもおもしろそうだなとトミーと話してたら、ジェレマイアに押《お》されたんだ」

「へんなの」丸顔をしわくちゃにしながら、ステイシーが言った。「やさしい子だと思ってたのに。だれとでも仲《なか》よくなるタイプではないけど、やさしくていい子よね。おかあさんが〈スミス・シスターズ美容室《びようしつ》〉をやってるでしょ。わたしのおかあさんの行きつけの美容室なの」

ジークは首を横にふった。「いったい、どうしたんだろうね。でもあのくらいの脅《おど》しで、ぼくたちがこの言い伝えについて調べるのをやめると思ったら、大まちがいだ」

四人は笑《わら》った。おもしろそうな事件《じけん》を調べずにはいられないのがジークとジェンなのだ。四人はバスに乗りこんだ。言い伝えについて話しながら、ジェレマイアからも目をはなさなかった。

バスが〈バーガー・バディーズ〉に到着《とうちゃく》したころには、ジェンとジークはあの発掘現場《はっくつげんば》にもどり、自分たちも事実を掘《ほ》り起こしてみると決めていた。

「トレーラーの中にいた赤毛の人がだれだったのか、知りたいな」ジェンが思案顔《しあんがお》でつぶやいた。

「マーフィ教授《きょうじゅ》になにもたくらむなって言ってたじゃない。あれはどういう意味だったのかしら？」

「ぼくは、黒いビニールシートの下の机《つくえ》になにがあったのかが知りたい」とジーク。「かくしておくということは、大事なものなんじゃないかな。あの言い伝《つた》えの謎《なぞ》を解《と》くなにかかも？」

どちらの問《と》いにもだれも答えられなかった。いずれにしても、じきにみんな答えることなどできなくなっていた。みんなの口は、ダブルチーズバーガーや特製《とくせい》ビネガー風味のフライドポテトで完全にふさがってしまったのだ。

学校が終わり、家の近くでスクールバスをおりると、ジェンとジークはミスティック灯台《とうだい》ホテルへとつづく長い私道《しどう》をかけのぼった。二年まえにビーおばさんが古い灯台を買い取り、小さなホテルと自宅《じたく》に改装《かいそう》してからは、ずっとここで暮《く》らしている。ジェンはすっかり息を切らしながらも、ジークよりもほんの一瞬《いっしゅん》早く玄関《げんかん》まえの広いポーチにたどり着いた。

ビーおばさんがドアを開け、ポーチに出てきた。青と白の花模様《もよう》のスカートが、大西洋から吹《ふ》いてくるそよ風になびいている。「あなたたちが帰ってきた音が聞こえたような気がしたのよ。

どうしてそんなにはあはあしているの？」

ジェンがガッツポーズをしてみせた。「この坂のぼりで、ようやくジークに勝ったのよ」

「くつの中に石ころが入ってたんだよ」ジークは笑《わら》うのをこらえている。「あしたは見てろよ」

そのとき、女の人がひとり、ホテルの中からすたすたと出てきた。がっちりとしたくつをはき、先がスチール製《せい》の杖《つえ》を持っているので、コツンコツンと音がポーチにひびく。短い髪《かみ》は、海岸線を油断《ゆだん》のないまなざしで見つめるカモメと同じ、白っぽい色をしていた。

「ケイスリーさんよ」ビーおばさんがその女の人にほほえみかけながら言った。「さきほど到着《とうちゃく》されたばかりのお客さま」

「ちょっと新鮮《しんせん》な風にあたりたくなってね」ケイスリーさんは無愛想《ぶあいそう》に答えた。あごがはっていて、しゃべるたびにそのあごが上下にすばやく動いた。「散歩《さんぽ》に行ってきます」

「崖沿《がけぞ》いにすごくいい小道がありますよ」ジークが教えてあげた。前庭のむこうの、荒海《あらうみ》へとまっさかさまに落ちこむ断崖絶壁《だんがいぜっぺき》のあたりを指さしている。「ただ、道からはずれないように。あの崖はかなりあぶないですから」

ケイスリーさんは顔をしかめた。「せっかくだけど、もうちょっと内陸《ないりく》のほうを歩くわ」と言いながら、観光《かんこう》地図を広げた。「では失礼《しつれい》します」そう言い残《のこ》し、うしろをふりむくこともなく、足早に行ってしまった。

ジークはホテル内にもどろうとするビーおばさんを呼《よ》び止めた。「やるべきことが終わったら、もう一度発掘現場《はっくつげんば》に行ってみてもいい？」

「じゃまになるんじゃないの？」ビーおばさんがきいた。

「そんなことない。今日の課外授業《かがいじゅぎょう》で、助手のリーダーの人に会って、その人がわきから見ているだけなら来てもいいって言っていたんだ」

ビーおばさんは目を細めて二人を見た。「それで、いったいいつから、ただの土の山に興味《きょうみ》を持つようになったのかしらね。まさか言い伝《つた》えに関係《かんけい》しているんじゃないでしょうね」

ジェンがはじめて聞いたとでもいうように、目を大きく見開いた。「言い伝えってなに？」

ビーおばさんは笑《わら》いだした。「あなたたちがなにかたくらんでいることくらい、わかってますよ。どうぞ、行ってらっしゃい。でも夕食までにはもどるのよ。ウィルソン刑事《けいじ》がいっしょに食べることになっているから」

ウィルソン刑事はとっくの昔に警察《けいさつ》を引退《いんたい》したのに、みんなから今でも刑事と呼ばれている。

ビーおばさんの夫《おっと》であるクリフおじさんがホテル開業の直前に亡《な》くなってからというもの、ウィルソン刑事《けいじ》はおばさんにとって、とても心強い助《すけ》っ人《と》となっている。灯台《とうだい》でなにかの修理《しゅうり》が必要《ひつよう》なときは、いつでも手を貸《か》してくれる。しかもその見かえりとして、ビーおばさんのおいしいケーキやパイが食べられれば、じゅうぶんだと言うのだ。

二人は客室をざっとそうじをしてまわった。今週はお客さんが四人だけだ。ケイスリーさんと、先週からこのあたりの鳥の調査《ちょうさ》に来ている三人だ。ジェンもジークもそうじの手順《てじゅん》は体にしみついているので、時間はかからない。

二人は仕事を終えると、自転車にとび乗り、野原を横切って森の中へと入っていく裏道《うらみち》を、五キロ近くこぎつづけて発掘現場《はっくつげんば》に向かった。近くまで来ると、なにやらさわぎが起きているようだった。声がだんだん大きくなっていく。二人は必死《ひっし》にペダルをこいだ。現場に着くと、ちょうどマーフィ教授《きょうじゅ》が背《せ》の高い赤毛の男性《だんせい》にパンチを食《く》らわせるところだった。午前中、トレーラーの窓《まど》から顔を出しているのをジェンが見たあの人だ。幸《さいわ》い、パンチははずれた。

「撤回《てっかい》しろ」マーフィ教授が赤毛の男の人に向かってどなっている。「おまえなんかに、わたしの名誉《めいよ》を傷《きず》つけられるものか！」

「そりゃそうだ」男の人が上から見おろすようにマーフィ教授《きょうじゅ》をにらみつけ、どなりかえした。「自分でじゅうぶん傷《きず》つけているからな。それに、もし出土品紛失《ふんしつ》の責任《せきにん》があんたにあるなら、二度と遺跡発掘《いせきはっくつ》にはたずさわれなくなるぞ！」

ジェンとジークはおどろいて、顔を見あわせた。出土品がなくなった？　現場《げんば》から盗《ぬす》まれたということ？

作業員《さぎょういん》も全員この二人の男の人のまわりに集まってきていた。

「発掘が完了《かんりょう》したときに、どちらが優位《ゆうい》に立っているか、楽しみだな」歯を食《く》いしばりながら、マーフィ教授が言った。「わたしは昔の入植者たちになにが起こったのか、証明《しょうめい》できる確《かく》たるものを発見したんだから」

もうひとりの男の人の顔がわずかに赤くなった。「なんだって？　いったいなにを見つけたんだ？」首からさげていたサングラスをいじくりまわしながらきいた。

「わたしが教えると思ったのかね、フランク」マーフィ教授があざ笑《わら》うように言った。「安全な場所に鍵《かぎ》をかけてしまったよ。三日後にわかるだろうさ――日曜日の記者会見で明らかにしてやる！」

マーフィ教授《きょうじゅ》におとらず怒《いか》り狂《くる》っていたフランクという人が、急に表情《ひょうじょう》をゆるめた。ほおの赤みも消え、そばかすが目立つほどに白くなった。そしてマーフィに向かってほほえんだ。「それがあんたの功績《こうせき》になるわけか。わたしのチームも同じくらいすぐれた発見をしてくれることを願《ねが》うのみだ。さ、仲間《なかま》なんだから、言い争《あらそ》いはここまでにしておこうじゃないか」そして大きな右手をさしだした。「停戦《ていせん》だ。いいね？」

マーフィ教授は疑《うたが》い深い目で背《せ》の高いフランクを見た。そして握手《あくしゅ》をするかわりに、そのまま大またで歩き去った。

「あのフランクとかいう人、とつぜんいい人になったね」ジークはジェンにしか聞こえないように、声をひそめて言った。

ジェンもうなずいた。「まるで二重人格《じんかく》みたい。少なくともマーフィ教授とはちがうわね」

ジークは笑《わら》いながらジェンを見た。「そうだね。教授はいつも気むずかしそうだもん！」

だれかに肩《かた》をたたかれて、ジークがふりむくと、マイケルの助手をしているローリがいた。ジェンが見ると、ローリはきれいな淡《あわ》いピンク色のショートパンツに、ていねいにアイロンをかけたストライプ柄《がら》のシャツを着ていた。

「二人とも、こんなところでなにをしているの？」ローリがきいた。「考古学者になりたいとか？」

「ん、まあね」ジークが口ごもった。

「あれはだれ？」ジェンが割《わ》りこみ、あの赤毛の人を指さした。今は少しはなれたところで、ウィンドブレイカーのポケットに手をつっこんで、トレーラーをじっと見つめている。

「あ、あの人はもうひとりの調査団長《ちょうさだんちょう》、考古学者のプルイット教授《きょうじゅ》よ。みんなフランクって呼《よ》んでいるけど」

「フランクとマーフィ教授はいつもあんなにけんかしているの？」ジークがきいた。

ローリはにこっと笑《わら》った。「あのくらいどうってことないわ。ものすごいけんかだってあるんだから。あの二人、もう長いこと競《きそ》いあってて、いっしょに働《はたら》きたくないのよ」

「出土品がなくなったってほんとう？」

「ええ」ローリが認《みと》めた。「小さいものだけど、スプーンやボウルの破片《はへん》がなくなっているの。でもたしかなことはわからない。なくなった出土品にはまだ識別《しきべつ》記号がつけられていなかったし、記録《きろく》もしてなかったから。でも、記録まえでもなにがあるか、おおよそはわかっているつもりだし、いくつか見あたらないものがあるのはたしかよ」

「識別記号《しきべつ》がついたものは、ちゃんと全部ここにあるの？」ジークがきいた。

「そのとおりよ」ローリは目にかかっていた茶色い髪《かみ》の毛を払《はら》いのけた。ブレスレットがゆれて、ベルのようにチリンと鳴った。

「マーフィ教授《きょうじゅ》はなにを見つけたの？」ジェンがきいた。

ローリは顔をしかめた。「まったくわからない。あの人、だれにもなんにも言わないから。フランクにかくすのはわかるけど、自分の作業《さぎょう》チームにも……」しぶい顔で言葉を切り、首をふった。「仕事にもどらなきゃ。ここにいてもいいわよ。でもじゃまにならないように。とくにマーフィ教授には気をつけるのよ」ローリは手をふると、去っていった。うしろ姿《すがた》を見ていると、ポニーテールがゆらゆらとゆれていた。

ジェンとジークは目立たないように、発掘現場《はっくつげんば》をぐるっとひとまわりすることにした。気がつくと、抗議者《こうぎしゃ》たちの中にまぎれこんでいた。みんな「帰れ！　過去《かこ》にさわるな！　帰れ！　過去にさわるな！」とくりかえしている。

ジークは顔見知りと目が合うと軽く会釈《えしゃく》したが、そこにいつづけようとは思わなかった。おまえたちも抗議《こうぎ》に加《くわ》われと怒《おこ》られるのは、ごめんだ。ジェンも同じように考えていたので、ジークよりもすばやくこの集団《しゅうだん》の中を通りぬけた。

抗議者からはなれると、二人は歩調《ほちょう》をゆるめた。ジェンがふりむいて、「ねえ、抗議者のリーダー、ジェレマイアのおかあさんじゃない？」ときいた。

ジークはちらりとふりむいた。「あの金髪《きんぱつ》のおばさん？　そうみたいだね。ここでデモをやってるあいだ、美容院《びよういん》はどうしているんだろう」

話しているうちに、二人は出土品や土がのった四つの作業机《さぎょうづくえ》の、すぐ近くまで来た。大きなやわらかいブラシを使って土の層《そう》を払《はら》い落としながら、口笛を吹《ふ》いたり、鼻歌をうたっている作業員たちがいた。

「一生かかりそうね」とジェン。

作業員のひとりが顔をあげた。「ああ。考古学者ができるだけ小さい道具を使うのは、発掘《はっくつ》を何年も何年もつづけるためだ、なんていう冗談《じょうだん》もあるくらいさ」そして二人に向かってウィンクした。「そうすればいつも仕事があるだろう」

ジェンとジークはその作業員に向かってにこっと笑《わら》うと、そのまま進んだ。「マーフィ教授《きょうじゅ》は殺人《さつじん》に使われた凶器《きょうき》でも見つけたのかな」ジークはひとり言を言った。「斧《おの》とか、ナイフとか」

ジェンがぶるっと身ぶるいした。「ぞっとするわ。抗議者《こうぎしゃ》の気持ちもわかる。ここはそのままにしておくべきよ。昔の呪《のろ》いを呼《よ》び起こしてどうするの？」

「幽霊《ゆうれい》がこわいのかな〜？」ジークがからかった。

「まさか」ジェンは軽蔑《けいべつ》するような口ぶりで答えた。

からかっただけなのに、殺人鬼《さつじんき》の幽霊などと口にしただけで、ジークは背《せ》すじがぞくっとした。不安になって発掘現場《はっくつげんば》を見わたした。太陽はかなりかたむいている。まもなく日が暮《く》れるだろう。帰るまえにもうひとつだけ知りたい。黒いビニールシートでおおわれた机《つくえ》。残念《ざんねん》ながら、マーフィ教授《きょうじゅ》と数人の作業員《さぎょういん》が近くにいる。ジークはいらいらして顔をしかめた。これではあのシートの下になにがあるのか、見ることができない。あしたまでおあずけだ。

「帰ろうか」ジークは最後《さいご》にもう一度期待をこめて、机のほうを見たが、やっぱりまだ人がいる。「ビーおばさんも夕食の準備《じゅんび》が終わるころだよ」

自転車にまたがると、ジェンが言った。「でも言い伝《つた》えについて、新しいことはなにもつかめなかったわね」

「それに、ビニールシートの下になにがかくされているのかも――」

とつぜん、耳をつんざくような叫《さけ》び声がひびきわたった。ジェンがさっとふりむくと、ローリがさらに叫び声をあげるところだった。ふるえる手で、テントの先、発掘現場《はっくつげんば》を囲《かこ》む森の陰《かげ》のほうをさしている。ジェンはその指の先を追った。一瞬《いっしゅん》息が止まった。手をのばし、ジークの腕《うで》をつかんだ。

ジークは動けなくなっていた。「信《しん》じられない」かろうじて声が出た。「出たよ。殺人鬼《さつじんき》の幽《ゆう》霊《れい》だ！」

第三章　あぶない！

二人はぼうぜんとして、その影《かげ》が木々のあいだに見えかくれするのをながめていた。幽霊《ゆうれい》らしき影は、昔ふうの黒いゆったりめのズボンに、そでの広い白いシャツを着ている。シャツのまえには血がしたたっている。深くてつばの広い帽子《ぼうし》をかぶっているので、顔が陰《かげ》になって見えない。ゆっくりとその幽霊は腕《うで》をあげた。白い手には長いナイフがにぎられている。ううっとうなり声をあげると、そのまま森の中へと消えていった。

しばらくはだれもが恐怖《きょうふ》で凍《こお》りついていた。するととつぜん、マイケルが森の中へかけこんでいった。ジェンは息をのんだ。幽霊があのおそろしいナイフでマイケルを刺《さ》す場面を想像《そうぞう》した。

しばらくは緊張《きんちょう》した空気が流れた。マイケルが木々のうしろからあらわれると、ジェンはようやくほっとしてため息をついた。

「頭がどうかしちゃってるんじゃないの」声を失《うしな》い、立ちつくしている作業員《さぎょういん》たちのほうに小走りで向かうマイケルを見ながら、ジェンはつぶやいた。

ジークは見物人のひとりに目を吸《す》い寄《よ》せられた。ジェンをひじでそっとつつき、その方向を指さした。ジークが見ると、ケイスリーさんが杖《つえ》で土をコツンコツンとたたいていた。

「あの人がいたなんて、気づかなかったな」ジークが言った。

ジェンも同じだ。「行ってみようよ。ここでなにをしてるんだろ」

自転車を走らせ、ジェンとジークはケイスリーさんの横でぴたっと止まった。二人の姿《すがた》に、ケイスリーさんはびっくりしている。

「二人ともこんなところでなにをしているの？」きつい口調《くちょう》で質問《しつもん》してきた。

「ちょっと遊びにきただけです」ジークは答えた。この人はどうしてこんなにあせっているんだろう。「ケイスリーさんは考古学に興味《きょうみ》があるんですか？」

ケイスリーさんは落ち着かない様子で杖をいじっている。「そういうわけではないわ。森の小道をどんどん進んでいったら、ここに出ただけ」

「幽霊《ゆうれい》は見ましたか？」ジェンがきいた。

ケイスリーさんの顔が少しくもった。「だれかがふざけてやったのよ、きっと」と言いながらも自信《じしん》がなさそうだ。そして帰りかけた。

「でもナイフを持ってたわ。言い伝《つた》えのとおり」ジェンはジークのほうを向いた。「マーフィ教《きょう》授《じゅ》が見つけて、鍵《かぎ》のかかる場所にしまったというのは、あれだったんじゃないかしら」

「言い伝え？ その人はなにを見つけたって？」ケイスリーさんはとつぜん帰るのをやめたようだ。

ジークは居住地跡《きょじゅうちあと》のほうを示《しめ》した。「マーフィ教授はなにか重要《じゅうよう》なものを見つけたんです。でもそれがなにかはだれにも言わないで、どこかにしまいこんでいるんです」

「トレーラーの中だと思うんだけど」とジェン。言い争《あらそ》いのあとで、フランクがじっとトレーラーを見つめていたのを思い出した。どこにかくされているのかを見抜《ぬ》こうとしているみたいだったっけ。

ケイスリーさんはトレーラーをじっと見た。わずかに目を細めている。「さあ、もう行かなくては」そっけなく告《つ》げると、二人があいさつをするまえに、姿勢《しせい》よく歩いて行ってしまった。

「軍隊《ぐんたい》みたい」ジェンがささやいた。

ジークも同感とばかりにうなずいた。「ねえ、あの幽霊《ゆうれい》を追いかけていって、なにか手がかりを見つけたかどうか、マイケルにきいてみよう」

二人は自転車をこいで、マイケルのもとへ行った。ちょうど人だかりが散《ち》りはじめたところだった。ジークは森でなにを見たのかをマイケルにきいてみた。

マイケルは首をふった。「ちょうど今もみんなに説明《せつめい》してたんだけど、ぼくが行ったときにはもう姿《すがた》が消えていた。いたずらだという証拠《しょうこ》かなにか見つかるかと思ったけど」そこで手を広げてみせた。「でもなにもなかった」

「ほんとうに幽霊だったのかも」ジェンが言った。「だってナイフを持ってたわ。殺《ころ》しの凶器《きょうき》みたいなやつ。言い伝《つた》えとぴったりじゃない」

「まさか、あの言い伝えを信《しん》じてるの？」マイケルがきいた。

「教授《きょうじゅ》たちは信じているみたい」とジェン。「じゃないと、どうしてこの発掘現場《はっくつげんば》のことで言い争《あらそ》いになるの？」

マイケルはジーンズのポケットに手を押《お》しこんだ。「そりゃあ、かなり気分がいらだっているみたいだし、この仕事も競争《きょうそう》がはげしいからね。いつもなら、現場《げんば》に責任者《せきにんしゃ》はひとりなんだけど、ここでは……」声が尻《しり》すぼみになった。「ま、いいじゃないか、そんなこと」

「じゃ、マーフィ教授《きょうじゅ》が見つけた秘密《ひみつ》のものは？　なんなのか、マイケルは知ってるの？」ジークがきいた。

マイケルが答えるまえにローリが割《わ》りこんだ。「気味悪かったわね。そう思わない？」ときいてきた。「二度とあらわれないでほしいわ。ほんとうにこわかった」

マイケルが笑《わら》った。「きみの悲鳴がひびきわたったからね」

ローリはむっとした表情《ひょうじょう》を見せた。「悪かったわね。でもこわかったのよ。幽霊《ゆうれい》なんて今まで見たことがなかったから」

マイケルは笑《え》みを消し、不快《ふかい》そうにまゆをひそめた。「冗談《じょうだん》だよ。いったいどうしたんだい？」

「なんでもないわよ」ローリはきっぱりと言いきった。「だれかさんとはちがいますから。口はつつしんだほうがいいわよ。あなたがなにをたくらんでいるのか、知ってるんだから！」

マイケルはローリをにらみかえした。「いい人ぶるなよ、ローリさん！」あとはなにも言わずにテントのほうへ去っていった。

ローリはせきばらいをした。「ごめんなさいね。あの人、自分はマーフィ教授《きょうじゅ》の一番弟子《でし》で、わたしはどうでもいい二番弟子だから、すごくえらい気になってるのよ。でもいつか追いぬいてやるわ」それからその思いを消すかのように頭をふった。「ところで、あしたの夜バーベキューをやるんだけど、来ない？」

「もちろん」とジーク。「じゃあ、あしたね」

ローリは二人にうなずき、マイケルのあとを追った。

「考古学者って、仲《なか》よくできないものなのかしら？」ジェンは不思議《ふしぎ》に思って言った。「いつも争《あらそ》っているみたい」

「マイケルが言っていたじゃないか。考古学は競争《きょうそう》がはげしいって」そしてジェンをちらりと見た。「まるで女子サッカーの決勝戦《けっしょうせん》みたいだね」

「少なくとも試合《しあい》前と試合後は握手《あくしゅ》するわよ。そんなのここでは見たことない」

幽霊《ゆうれい》を見たあとで、森の中を通るのはためらわれたが、いちばんの近道なのだ。そこで森の中を走るときには、できるだけ速く自転車をこいだ。木々のあいだを抜《ぬ》けて、灯台《とうだい》の明かりが見えると、ほっとした。あの灯台の明かりに誘導《ゆうどう》されて家に帰ってくると、ほんとうにほっとする、とジェンは思った。あまりにも自分の思いにふけっていたので、ミニバイクのエンジン音が耳に入らなかった。気づいたときには遅《おそ》かった。

「あぶない！」ジークが叫《さけ》んだ。

第四章　呪《のろ》われた森の伝説《でんせつ》

ジェンはどんと押《お》されて、自転車ごと溝《みぞ》にたおれこんだ。ごろごろと二回転して、ようやく止まった。ハンドルにおおいかぶさるようにまえかがみになった、黒い影《かげ》が見えた。ミニバイクはエンジン音とともに二人の横を通りすぎていく。そして車体をかたむけながらカーブを疾走《しっそう》し、そのまま見えなくなった。

ジェンは息を切らしてあえいでいた。もしジークが小道から押しだしてくれなかったら、あのとんでもないミニバイクにひかれるところだった。そうなっていたら、肩《かた》に青あざを作るどころか、殺《ころ》されていたかもしれない！

ジークも溝《みぞ》の中でジェンのとなりにすわった。二人いっしょに溝の中にころがり落ちたのだ。

「だいじょうぶ？」

ジェンはずきずきしている肩《かた》をさすった。「ちょっとぶつけただけ。ジークは？」

ジークは顔をしかめている。「ぼくはだいじょうぶ。でもあいつめ、今度会ったら……！」猛《もう》烈《れつ》に頭にきて、言葉がつづかない。

「あいつって？　だれだったの？」ジェンは立ちあがりながらきいた。骨《ほね》はどこも折《お》れていない。よかった。

ジークも立ちあがり、ズボンから草や土を払《はら》い落としている。「バイクに見おぼえがあったんだ。あれはジェレマイア・ブレイクだ」

ジェンは困《こま》った顔になった。「でもどうして？　最初《さいしょ》は課外授業《かがいじゅぎょう》でジークを突《つ》きとばして、次はこれでしょう。いったいどうしたのかしら」

ジークも首をふった。「まったくわからない」

ジェンは自転車にまたがった。「へんなの。わたしたちのなにかが気に入らないのね、きっと」

二人はまわりに注意を払《はら》いながらホテルへともどった。ちょうど夕食の準備《じゅんび》ができたところだった。

「刑事《けいじ》さんにあなたたちをさがしにいってもらおうかと思ってたのよ」ビーおばさんがちょっと心配そうに言った。

「ごめんなさい」ジェンは台所の流しで手を洗《あら》いながらあやまった。ミニバイクのことは言わなかった。おばさんには言わないでおこうと二人で決めたのだ。言ったら、発掘現場《はっくつげんば》に行かせてもらえなくなる。ビーおばさんはいつも落ち着いているけど、ちょっと心配性《しょう》なところがある。

「発掘は順《じゅん》調《ちょう》かい？」ウィルソン刑事がきいた。「抗議《こうぎ》デモの人たちと問題は起きていないかな？」

「今のところはプラカードを持って行進したり、ときどき声をそろえて叫《さけ》んだりしてるだけだから」マッシュドポテトをたっぷりと取り分けながら、ジェンが説明《せつめい》した。「考古学者たちをどうにかして追いだしたいみたいだけど、実際《じっさい》、なにもできないのよね。たぶん政府《せいふ》の土地で、政府が考古学者たちに発掘の許可《きょか》を出したんでしょ」

ジークは肩《かた》をすくめた。「なにがそんなに問題なのか、わからないな。抗議している人たちもあきらめればいいのに。過去《かこ》を知ることも大事だよ」

「でも考古学者たちが掘《ほ》り起こしているのは、抗議者《こうぎしゃ》たちの先祖《せんぞ》のお墓《はか》よ」ジェンが指摘《してき》する。

「それは思いつかなかったな」ジークは認《みと》めた。「たしかに自分だったらいやだろうな。でも同時に興味《きょうみ》もある。それにもしだれも掘り起こさなかったら、古代エジプトやギリシャのことも、なにもわからなかったかもしれないじゃないか。ベスビオ火山の大噴火《だいふんか》で火山灰《かざんばい》に埋《う》もれたイタリアの町だって」

「ポンペイだね」とウィルソン刑事《けいじ》。「行ったことがあるよ。ポンペイではびっくりするようなものが発掘《はっくつ》されている。オーブンに入ったままのパンまで出てきたんだ。もちろん石のようにカチカチだったけどね」ウィルソン刑事は、ビーおばさん特製《とくせい》のパンをひとかじりしながら説明《せつめい》を加《くわ》えた。

ビーおばさんはにっこりと笑《わら》ってジェンにサヤインゲンをまわした。「とにかくこれで、双方《そうほう》がどうしてそんなにも遺跡《いせき》発掘にこだわるのか、わかったじゃない」落ち着いた口調《くちょう》で言った。

「どんなことにも、ふたつの見方があるってことね」

「そうなのよね」とジェン。「同じ側《がわ》にいるはずの考古学者同士《どうし》でさえ、仲《なか》よくできないみたいだもの。けんかばかりしてるのよ」

食事のあいだ、ジェンとジークは発掘現場《はっくつげんば》についてさらにいろいろと語った。言い争《あらそ》いの様子や、幽霊《ゆうれい》が出た話も。

ウィルソン刑事《けいじ》は、顔をしかめた。「そのマイケルという人は、森の中でなにも発見できなかったって?」

ジークは、お皿に残《のこ》っていたブルーベリーパイをこそげ取りながら首をふった。「まるで幽霊はこつぜんと消えたみたいだったって言ってたよ」


夕食後、二人はジークの部屋《へや》へ行き、コンピュータの電源《でんげん》を入れた。

「なにしてるの?」ジェンがきいた。「発掘現場でなにが起きているのかを解《と》くんじゃなかったの? 言い伝《つた》え、幽霊、そしてなくなった出土品。なかなかおもしろそうな事件《じけん》よね」

ジークの指がキーボード上をなめらかに動き、インターネットにつながった。「もう捜査《そうさ》は始まってるよ。まずは言い伝えについてもっとくわしく調べなくちゃ」

ジェンはジークの机《つくえ》のまえにもうひとつイスを持ってきて、そこにすわった。「インターネッ

ト で見つかる?」

ジークはニヤッと笑《わら》った。「ウェブにのっていないものはない!」

その言葉どおり、数分もたたないうちにジークが勝ち誇《ほこ》って声をあげた。「ほら、あった」そのページをざっと見ると、声を出して読みはじめた。「アメリカ、メイン州ミスティック。呪《のろ》われた森の伝説《でんせつ》。言い伝《つた》えによると、歴史《れきし》を感じさせるメイン州《しゅう》ミスティックが正式に町として制《せい》定《てい》される以前《いぜん》のこと、現在《げんざい》の町の中心地から北に八キロほどはなれた土地に二十四名の入植者がいた。ところが一六九八年六月二十三日、ひとりをのぞく全員が殺《ころ》された。四歳《さい》の子どももひとりが、この集落《しゅうらく》からかなりはなれた森の中をうろついていて、毛皮猟師《りょうし》二人に見つかった。子どもは恐怖《きょうふ》で泣《な》いていたという。猟師二人は集落にたどり着くと、木陰《こかげ》から様子をうかがった。ひと目で集落が全滅《ぜんめつ》していることがわかった。おそらくその子どもは、森の中で木の実をつんでいて、殺人者《さつじんしゃ》たちに気づかれずにすんだのだろう。

無《む》法者《ほうもの》たちが集落を乗っ取ろうとして、うまくいかなかったので住民《じゅうみん》を全員殺し、北へと逃亡《とうぼう》したと考えられる。

それ以来、だれもがこわがってこの場所に手をつけようとしなかった。殺人者の霊《れい》に取りつかれていると言われてきたからだ。殺人現場《さつじんげんば》が荒《あ》らされるようなことがあれば、森の中をさまよっていた男の子の子孫《しそん》に、とんでもない不幸がふりかかると信《しん》じられてきた。

オバダイア・スミスという名前のその男の子がたったひとりの生存者《せいぞんしゃ》で、霊《れい》の唯一《ゆいいつ》の目撃者《もくげきしゃ》だった。オバダイアによると、その霊はナイフを持ち、ひと言も発することなく、ねらいをつけた者たちを森の中へと誘《さそ》いこむのだという。一説《いっせつ》によると、霊は子どもに逃《に》げられたことが不満《ふまん》で、その子の子孫に復讐《ふくしゅう》をくわだてているらしい」

ジェンが体をふるわせた。「ひどい！　その子、かわいそうじゃない」

ジークも考えこみながらうなずいた。「三百年以上《いじょう》もまえの話だろう。それなのに、その霊がもどってきた。ナイフもちゃんと手にして」

「その子の名前はなんだっけ？」

ジークは画面上を指でなぞった。「ここに書いてある。オバダイア・スミスだって」

「でもこれだけじゃ、ジェレマイア・ブレイクがわたしたちを止めようとしている理由にはならないわ」ジェンはちょっと口をつぐんだ。「わたしたちがなにをするのを止めようとしているのかもわからない。でもジェレマイアは必死《ひっし》よね。いったい、なんなの？」

「まったくわからない」ジークがため息をついた。「ジェレマイアに話をしてみて、きくしかないかも。なんでぼくたちを目のかたきにするのか、まったく見当がつかないからね」

「本気なの？」ジェンは納得《なっとく》できず、ききかえした。「これまでの行動から見ても、ジェレマイアはかなり危険《きけん》よ。面と向かって問《と》いただしたら、なにをしてくるかわからないじゃない？」

ジークがゆがんだような笑顔《えがお》で、ジェンを見た。「へえ、ぼくのことをそんなに心配してくれてるとはね。でも心配ないよ。気をつけるから。それにジェンがいつもそばにいて、守ってくれるから」

ジェンがあきれたように言った。「それはどうも」


翌日《よくじつ》、ジークとジェンはお昼休みにカフェテリアで落ちあい、ジェレマイアに直接《ちょくせつ》きいてみることにした。

十一時四十五分きっかりに、ジェンはお決まりの待ちあわせ場所であるゴミ箱まえで、待っていたジークと合流した。

「まだ見かけてないけど、いた？」ジークがきいた。

ジェンはカフェテリアを見わたしてジェレマイアの姿《すがた》をさがした。生徒《せいと》たちでいっぱいだ。

「あれ、そうじゃない？」と指さしたが、その男の子がふりむいたら、別人《べつじん》だった。

「なにしてるの？」ステイシーがジェンとジークのあいだに割《わ》りこみ、きいた。「張《は》りこみ？」

とからかった。

ジェンが笑顔《えがお》を見せた。「おもしろいこと言うじゃない。ジェレマイアをさがしているだけよ。見かけた？」

ステイシーが目を見開いた。「ジェレマイア・ブレイクのこと？」

ジェンは、カフェテリアを見わたしながらうなずいた。

「知らないの？」

ジェンはステイシーのほうに向きなおった。「知らないって、なにを？」

ステイシーは双子《ふたご》の顔を何度も見くらべた。「ジェレマイアのことよ」

「知らないよ。なにがあったのさ」ジークがいらいらしながらきいた。ステイシーは、ぼくたちをじらして楽しんでいるんだ。

「それがね、ゆうべ、あの発掘現場《はっくつげんば》をうろうろしていて、暗闇《くらやみ》の中でロープにつまずいてころんで、足を骨折《こっせつ》したんだって！　発掘現場《はっくつげんば》の助手の人が車で病院に連《つ》れてったそうよ。ひと晩《ばん》、緊《きん》急治療室《きゅうちりょうしつ》にいたみたい。もう家に帰っているらしいけど、ひざまでギプスだって」

「いったい、夜中に発掘現場でなにをしていたのかしら」とジェン。

ステイシーは肩《かた》をすくめた。「さあ。でもあの調査団長《ちょうさだんちょう》の二人の考古学者はかんかんでしょうね。とくにおかあさんが抗議者《こうぎしゃ》のひとりとなれば。ただでさえ、あの抗議には相当《そうとう》うんざりしているみたいだから。考古学者のひとりは、現場をこそこそかぎまわっていたとしてジェレマイアを逮捕《たいほ》すべきだって言ったそうよ」

ジークはジェンを見た。「これでもし、あいつの名字《みょうじ》がスミスだったりしたら……」

「……呪《のろ》われた森の伝説《でんせつ》も作り話じゃないかもって思っちゃうよね」ジェンがジークに代わってしめくくった。

第五章　ないしょ話

放課後《ほうかご》、双子《ふたご》は自転車に乗り、発掘現場《はっくつげんば》でのバーベキューへ一目散《いちもくさん》に向かった。

「あの幽霊《ゆうれい》、今日もあらわれるかな」ジェンを追いこしながら、ジークが言った。

「ねえ、ちょっと待ってよ！」ジェンが叫《さけ》んだ。車輪《しゃりん》のあとがつづくだけの道なき道を、二人は必死《ひっし》でペダルをこいだ。道は森の中を曲がりくねりながら抜《ぬ》け、発掘現場へとつづいている。二人は笑《わら》いながら、息もたえだえに新記録《しんきろく》の十八分で現場に到着《とうちゃく》した。道を出たところに自転車をとめると、発掘現場をぐるりとまわってキャンプ場所に向かった。大学生たちが食事を用意しているところだった。

その途中《とちゅう》、ジェンがジークをひじでそっと突《つ》いた。「見て、ケイスリーさんよ。またこんなところで、なにをしているのかしら？」

ジークはケイスリーさんをじっと見つめた。ケイスリーさんは居住地跡《きょじゅうちあと》のまわりを歩いていた。ときどき、まわりをざっと見わたしてから、杖《つえ》を土の中に突き刺《さ》している。

「なにかをさがしているみたいだね」ジークは考えこんだ。「もしかしたら――」と話しはじめたところで、とつぜん抗議《こうぎ》の叫《さけ》び声が起こり、じゃまされた。

「帰れ！　過去《かこ》にさわるな！　帰れ！」抗議者たちが叫んでいる。

「どんどん派手《はで》になるね」黄色いテープのうしろで抗議者たちが行ったり来たりするのを見て、ジェンが言った。

「それに、ますます怒《おこ》っているみたいだね」ジークが考えながらつけ加《くわ》えた。「ブレイクさんはいないんじゃない？」

ジェンも抗議者たちの顔を端《はし》から端まで見わたし、うなずいた。「かわいそうなジェレマイアといっしょに家にいるんでしょ」

「かわいそうなジェレマイア？」ジークは片方《かたほう》のまゆ毛をつりあげながら、くりかえした。

ジェンはにやりとほほえみかけた。目がいたずらっぽくかがやいている。「わたしたちを道路からはねとばそうとしたときには、かわいそうだなんて思わなかったわよ。でも今はちょっとかわいそうな気もするのよね。しない？」

ジークはあきれた顔をしてみせた。

二人はふたたびバーベキューの準備《じゅんび》が進んでいるほうへ歩きはじめた。ところがトレーラーから聞こえてくるどなり声に思わず足を止めた。ジェンはくちびるに指をあて、しのび足でトレーラーへと近づいた。マーフィ教授《きょうじゅ》とフランクの声だ。今度はなにをもめているのかしら。

深緑のトレーラーは、コンクリート製《せい》のブロックを重ねた上に設置《せっち》されている。後部に設置されている木製《もくせい》の段《だん》を三段のぼると入り口だ。トレーラーの下の空間には、バケツなどの容器《ようき》や厚《あつ》板《いた》が何枚《まい》か置《お》かれている。おそらく発掘《はっくつ》に使われている用具なのだろうとジェンは思った。

「……記者会見でね」とフランクの声がする。

トレーラーのまんまえで、会話を聞きとろうとへばりついていては目立つだけだ、とジークは思った。「こっちだよ」ジークはコンクリート製のブロックのあいだを指さした。

二人はすばやくそのすきまからトレーラーの下へともぐりこんだ。草はひんやりとしていて、ふわふわだ。陽《ひ》はほとんどあたらないが、真上にある床《ゆか》を通して、中の会話がよく聞きとれる。二人はひざをついたかっこうで落ち着いた。

「……あんたが昔使った方法《ほうほう》だろう」フランクの声だ。

「おまえがどう思おうと、関係《かんけい》ない」マーフィ教授《きょうじゅ》がそれに答えている。「自分の経歴《けいれき》をかけてもいい。おまえがナイフを盗《ぬす》んだのだ！　さあ、返すんだ！」

フランクが笑《わら》っている。「頭がおかしいんじゃないか？　あんたのその大事なナイフを見た人はどこにもいない。あんたはだれにも見せようともしないし、なにを見つけたのかも言おうとしないじゃないか。わたしになにかの責任《せきにん》を負《お》わせて、追いだそうとしているんだろうが、そうはさせないぞ！　だいたい、そんなに大事なナイフをどうして、こんなちゃちな箱にしまっておいたんだ？」

「ほかにどんな方法があったと言うのだ？」教授が早口でまくしたてる。

その直後、足音がドアのほうへと向かった。重そうな足音が階段《かいだん》をおりていく。トレーラーの中に残《のこ》っているのはひとりだけ。

「出ていったのはどっち？」ジェンがささやいた。

「見えなかった」ジークが答えた。

ジークも同じことを考えているのだろうと、ジェンにはわかっていた。ぜったいに見つからないと言いきれるまでは、このかくれ場所から出るべきではない。つかまるわけにはいかないし、マーフィにどなられるのもごめんだ。やわらかい草の上で、もう少し楽なかっこうができないものかと動いてみるが、なにかが右のすねに食《く》いこんでくる。さらに体勢《たいせい》をととのえようとしていると、おどろいたことにだれかが階段《かいだん》をのぼってトレーラーの中に入っていく音が聞こえた。

耳をすましてみるが、どなりあう声ではなく、押《お》し殺《ころ》したような声しか聞こえない。

ジークはなんとか聞きとろうと頭をかたむけた。ずっと遠くの蚊《か》の羽音《はおと》さえ聞こえる気がする。まちがいない、チャリンという音が聞こえた。

ようやく声が大きくなった。「きのうのあの幽霊《ゆうれい》、よかったですね。あれ以来《いらい》、伝《つた》えるチャンスがなかったけど」

「たしかによかったよ。うまいことやってくれたね」

「え？」もうひとつの声が反応《はんのう》した。「幽霊はわたしじゃない。あなたでしょう？」

そのあとはしばらくひそひそ声が交《か》わされた。ジークはジェンには聞こえていなかったかもしれないと、体を寄《よ》せて、たった今耳にした会話の内容《ないよう》を話して聞かせた。「……あやしまれているかも」ひとりの声が少し大きくなった。「だから気をつけよう。なにをするときでも」

その声につづいて、一方がトレーラーを出て行く音が聞こえた。数秒後、もうひとりもトレーラーを出て、ドアの南京錠《なんきんじょう》がカチッとかかる音が聞こえた。

ジェンはできるだけ長くがまんしたあと、すきまから外をのぞいてみた。人の気配《けはい》がないのをたしかめ、トレーラーの後部から這《は》いでた。トレーラーの下で、石だか枝《えだ》だかの上にひざまずいているのは、もう限界《げんかい》だった。足についた草を払《はら》い落とすと、ひざがすっかり緑色に汚《よご》れてしまっていた。トレーラーの下でもぞもぞしすぎたと後悔《こうかい》した。

「どうしたの?」ジェンがすねをさすっているのを見て、ジークがきいた。

「石かなにかの上にひざまずいていたみたい」とジェン。「それで、ほかになにか聞こえた?」

「だれかがあの人たちのことをあやしいと思いはじめているから、気をつけなければいけないってことだけ」

「だれだったかわかる?」

ジークはがっかりして頭を横にふった。「男か女かもわからなかったよ。でも片方《かたほう》は、フランクかマーフィ教授《きょうじゅ》のはずだけど」

「それと、どちらかが幽霊《ゆうれい》の正体《しょうたい》だったはずなのに、いずれもちがった。ということは、また別《べつ》の人が幽霊のかっこうをしてたのね。でもいったいだれが？」

「もしかしたらほんものの殺人者《さつじんしゃ》の幽霊だったりして」

ジェンはぶるっとふるえた。

そのときジークは、作業机《さぎょうづくえ》のまわりに人がいないことに気がついた。あの黒いビニールシートの下になにがあるのか、やっぱり見たい。「今がチャンスだ」ジークがささやき、四番めの机に向かって歩きだした。

二人はなにげなく簡易《かんい》トイレのほうへと向かった。その近くに大型《おおがた》テントがあり、その下に作業机がならんでいるのだ。だれも見ていないのをたしかめると、二人はすばやくならんでいる机のむこう側《がわ》へとまわり、そっと四番めの机に近づいた。

慎重《しんちょう》に、ジークはシートを持ちあげた。すると頭蓋骨《ずがいこつ》の目玉のない目がジークを見あげていた！

第六章　幽霊《ゆうれい》からの警告《けいこく》

ジェンは悲鳴をあげてはいけないと、必死《ひっし》にくちびるをかんだ。ジークは凍《こお》りついたようにじっと頭蓋骨《ずがいこつ》を見つめている。ようやく気持ちが落ち着き、体を動かせるようになったジークは、シートをもう少しめくってみた。さらに骨《ほね》があった。一体分のがい骨ではなさそうだが、少なくとも頭蓋骨が五つとほかの骨が何本かある。それぞれがきれいにならべられ、識別《しきべつ》記号がついている。

「どこで見つかったのかしら?」声をひそめてジェンがきいた。

「ここだろう。きっと、殺《ころ》された入植者たちだよ。骨を守るためにカバーをかけているんじゃないかな。それに、抗議者《こうぎしゃ》たちを刺激《しげき》しないためにもね。頭蓋骨《ずがいこつ》なんか見たら、なにをしでかすかわからないから」

「頭蓋骨って白いものだと思ってたわ」ジェンは土まみれの頭蓋骨を見ながら、鼻をしわくちゃにした。

ジークは首をふった。「なにしろ三百年以上《いじょう》も土に埋《う》もれていたんだからね」

ジェンは大きくつばをのみこんだ。「もうじゅうぶんだわ。さ、行こう」

でもジークはまだ行く気になっていなかった。いちばん端《はし》の頭蓋骨を指で押《お》してみた。すると頭蓋骨は前後にゆれた。

「気をつけて」ジェンが注意する。「どうしてさわったりするの？　気持ち悪いじゃない」

ジークは頬骨《ほおぼね》のあたりを指でなぞってみた。「でもすごいじゃないか。正真正銘《しょうしんしょうめい》の頭蓋骨をじっくり見ることができるなんて、めったにないと思わない？」するととつぜん、鼻の穴《あな》近くの骨の薄《うす》いところで指先がすべり、その部分が粉々《こなごな》になってくずれてしまった。ジークはあわてて手をひっこめた。

「カルシウムが足りなかったみたいね」ジェンがふるえる声で言った。「ほら、頭蓋骨をこわしちゃったじゃない」

ジークはまえかがみになってそのくずれた部分をよく観察《かんさつ》した。それから、おでこの部分に爪《つめ》を立ててみた。粉《こな》っぽいあとが残《のこ》った。

「にせものだ！」ジークが叫《さけ》んだ。「石膏《せっこう》かなにかでできてるよ！」

「ボウルや出土品を復元《ふくげん》するのに、石膏がこんなにあるんだもの」足元にある石膏の粉の入った大きな袋《ふくろ》を指さした。「これならだれでもできるわね」

「きみたち、ここでなにをしている？」うしろから怒《いか》りに満《み》ちた声がとんできた。

二人がふりむくと、マーフィ教授《きょうじゅ》がいた。怒りのあまり口をゆがめている。

「ぼくたち――」ジークが弁解《べんかい》しようとした。「この下になにがあるのか知りたくて」

教授はシートをひったくると、頭蓋骨《ずがいこつ》をじっと見つめた。「なにをした？」声は低《ひく》いままだが、強い口調《くちょう》だ。

「軽くさわっただけなのに、くずれちゃったんです。にせものじゃないんですか」

「なんだと？　ばかなことを言うな。今すぐ出ていけ！」教授は吐《は》き捨《す》てるように言った。白髪《しらが》まじりの髪《かみ》がおでこにかかっている。「自分がなにを言っているか、わかってるのか！　二度とこの机《つくえ》に近づくな。さもないと——」マーフィ教授《きょうじゅ》が威嚇《いかく》するように二人に一歩近づくと、二人はあわててその場をはなれた。

ジェンの心臓《しんぞう》の鼓動《こどう》は、バーベキュー広場まで来たころにようやく落ち着いた。「いったいここはどうなっているの？」悲鳴のような声を出した。「血まみれの幽霊《ゆうれい》、行方《ゆくえ》不明の凶器《きょうき》、ぽろぽろとくずれる頭蓋骨《ずがいこつ》……もうっ！ こんなにわくわくしたのは——」

「もういやっ！」すぐ近くでだれかの叫《さけ》び声が聞こえた。今回はローリではない。「また幽霊よ！」

たしかに、前回幽霊らしきものが出現《しゅつげん》した場所に、なにかがいる。帽子《ぼうし》をかぶり、ズボンをはき、血まみれの白いシャツを着て、すごむように刃わたりの長いナイフをかざしている。

ところが、そのはるか右の方向にもなにかが見えた。ジェンがそちらを向くと、信《しん》じられない光景《こうけい》に目がくぎづけになった。別《べつ》の幽霊だ！ ただ、こちらはなんだかハロウィーンの仮装《かそう》のようだ。白いシーツをかぶり、目のところをくりぬいている。その幽霊は第一の幽霊をびっくりしたように見ると、あわてて暗い森の中へと消えていった。一瞬《いっしゅん》のできごとだったので、目の錯覚《さっかく》かもとジェンは考えた。ほかの人たちはみんな血まみれの幽霊に気を取られている。

「ち……か……よ……る……な……」第一の幽霊《ゆうれい》はうなるような声を出した。「か……え……れ……」

「気味が悪いわ」ジェンがささやいた。

幽霊らしき影《かげ》はゆっくりと、森の中の暗がりに消えていった。一瞬《いっしゅん》、だれも身動きができなかった。抗議者《こうぎしゃ》たちでさえ、だまったままだ。幽霊が姿《すがた》を消した直後、前回と同じようにマイケルが森の中へ追いかけていった。

「行こう」ジェンがせきたてた。「わたしたちも調べなきゃ」

二人は森の中のすずしい木陰《こかげ》でマイケルに追いついた。マイケルは身をかがめて地面をじっと見つめている。足あとを追っているのだ。そしてまえに出ないよう二人を制《せい》した。「あっちに向かっているみたいだ」肩《かた》ごしに二人にそう告《つ》げた。

ジェンとジークはすぐうしろからついていく。地面に積《つ》もった枯葉《かれは》がかきみだされたり、枝《えだ》が折《お》れたりしている。五、六メートル進んだところでマイケルの足が止まった。髪《かみ》のあいだに指をくぐらせると、短い髪がますますツンととがった。困《こま》りきった表情《ひょうじょう》であたりを見まわしている。

「前回もここで足あとがなくなっていたんだ」考えこむようにマイケルが言った。「幽霊はこの木にぶつかってこつぜんと消えた、という感じだな」

「だけど、幽霊《ゆうれい》なのにどうして足あとが？」ジェンがきいた。「幽霊ってゆらゆらとただよっているものなんじゃないの？」

「中にはものにふれることができる幽霊もいるらしい」ジークが説明《せつめい》した。「怨念《おんねん》がかなり強ければね。亡霊《ぼうれい》・悪霊《あくりょう》・怪物《かいぶつ》のサイトで読んだことがあるよ」

ジェンとジークも分かれて、手がかりはないかと地面をさがしたが、なにも見つからなかった。

「この現場《げんば》はもうぼろぼろだ」マイケルは数分間さがしまわったあとでこう言った。「みんなうんざりしてる。教授《きょうじゅ》二人は言い争《あらそ》いばかりしているし、そこにこの幽霊さわぎだろう」さがすのをあきらめ、ため息をつくと、キャンプ場所へと歩きはじめた。「きみたちももどる？」と二人をうながす。

ジェンが手をのばして、ジークを引き止めた。「すぐ行きます」不思議《ふしぎ》そうな顔をしているジークにかまわずジェンが答えた。

マイケルの姿《すがた》が見えなくなると、ジェンは第二の幽霊を見たあたりへジークをひっぱっていき、あの一瞬《いっしゅん》に目にしたことを説明した。「ほかの人はだれも気づかなかったみたい」最後《さいご》につけ加《くわ》えた。「なにか手がかりが残《のこ》されていないか、とりあえずさがしてみようよ」

やぶが踏《ふ》みならされ、土がえぐれている場所があった。木々のあいだには、なにかが通ったあとがぼんやりとついている。しかしジェンが第二の幽霊《ゆうれい》を見た場所から五十メートル足らずのところで、そのあともわからなくなっていた。その先はもはや追跡《ついせき》しようがなかった。

「ぼくはなにも見なかったけど」二人いっしょに来た道を引きかえし、痕跡《こんせき》をもう一度よく調べたところで、ジークが言った。「明らかにだれかがいた形跡《けいせき》がある」

「最初《さいしょ》はわたしも錯覚《さっかく》かと思ったのよ。でもあまりにもはっきりおぼえているし。ねえ、見て！」ジェンはとげだらけのやぶにかけよった。見落としてしまっていたが、小さな白い四角いものがひっかかっている。ジェンは慎重《しんちょう》にそれをつまみあげた。

ジークはその布《ぬの》きれをじっと見た。大きな布がやぶにひっかかって引き裂《さ》かれたのか、端《はし》がびりびりになっている。「体の一部が引きちぎられた幽霊が見つかれば、それが真犯人《しんはんにん》だ」ジークがふざけて言った。

ジェンはその切れ端をジーンズの尻《しり》ポケットにしまいこんだ。「なにもないよりはましよね」

「たしかに」ジークも言った。「でもまだまだ解決《かいけつ》にはほど遠いけどね」

「いったいなにが起きているのかを突《つ》き止めるには、もっと情報《じょうほう》が必要《ひつよう》だわ。あの血まみれの幽《ゆう》霊《れい》はなにをしようとしているのか、シーツをかぶって幽霊になりすましていたのはだれか、そしてどうしてマーフィ教授《きょうじゅ》は、なにを発見したのかを仲間《なかま》のはずのフランクにないしょにしているのか」

「それにジェレマイアのことも」ジークがつけ加《くわ》えた。「なにか関係《かんけい》があるはずだ。そうじゃないなら、ぼくたちがかかわるのをあんなに必死《ひっし》で止めようとはしないはずだし」

ジェンもうなずいた。「手がかりか」考えこむように言った。「必要なのはそれよね」そしてパチンと指を鳴らした。

ジークはいやな気がした。ジェンが指を鳴らすと、ろくなことがない。

「トレーラーの中を調べるのよ」

「でも鍵《かぎ》がかかってるよ」ジークが反論《はんろん》した。不本意《ふほんい》ながらジェンのあとをついていく。

ジェンはポケットから小さなねじまわしを取りだし、高くかかげて見せた。「ジャジャーン！」

「どうしたの、それ？」

「ウィルソン刑事《けいじ》がくれたの。新しいめがね修理《しゅうり》キットに入ってたんだけど、かっこいいじゃないって言ったらくれたのよ」ジェンがにこっと笑《わら》った。「もう一本持ってるんだって」

「なにをしようとしているのか、わかってるんだろうな」

「もちろんよ。だいじょうぶ、だいじょうぶ」

「前半は信《しん》じるよ」ジークがぶつぶつとつぶやいた。「でも最後《さいご》のふた言はちょっとちがうと思うけど」

第七章　閉《と》じこめられた！

ジェンとジークは森から出たあとも、人目につかないよう、キャンプ場所の外にとどまっていた。みんなは幽霊話《ゆうれいばなし》で持ちきりだ。バーベキューの準備《じゅんび》をする手もすっかり止まってしまっている。

陰《かげ》から見ていると、ローリが自分のテントから出てきて、マイケルのほうへ歩きだした。マイケルはいぶかしげに目を細めてローリを見た。「どこにいたのかな？　テントの中にかくれていたとか？　今回は悲鳴が聞こえなかったね」

ローリはマイケルをにらみかえした。「ふざけないで」

「もうやめます！」近くにいた作業員《さぎょういん》が言った。不安そうにあたりを見まわしている。まるで幽《ゆう》霊《れい》がとびだしてくるのではないかとおそれているようだ。「幽霊は出るし、抗議者《こうぎしゃ》はさわいでいるし、気味が悪いじゃないですか。この土地は呪《のろ》われています。手をつけないほうがいいんですよ」

ざわざわと同調する声も聞こえた。

マイケルはうんざりしたように首をふった。

ジークは顔をしかめた。教授《きょうじゅ》たちがいちばんおそれていることが現実《げんじつ》になりそうだ。学生たちがみんないなくなってしまえば、発掘《はっくつ》を終了《しゅうりょう》せざるをえなくなる。まさに抗議者たちの思うつぼだ。

ジェンとジークはトレーラーに向かった。抗議者たちがふたたびスローガンを叫《さけ》びはじめた。

「見て。ブレイクさんは結局《けっきょく》、ジェレマイアにつきそっていないみたいよ」ジェンはジェレマイアのおかあさんのほうにうなずいてみせた。

ジークはブレイクさんに近づき、目を合わせた。「ジェレマイアが足を骨折《こっせつ》したそうですね。たいへんですね。だいじょうぶですか？」

「このおせっかいな人たちがいなくなれば、すぐによくなるわよ！」ブレイクさんは怒《おこ》って吐《は》き捨《す》てるように言った。「みんなせいせいするわ。帰れ！　過去《かこ》にふれるな！」バーベキューをしに集まった学生たちに向かって叫《さけ》んでいる。

耳をつんざくような大きな声だったので、ジークは思わずひるんでしまった。顔をそむけてその場からはなれようとしたとき、ブレイクさんの指から血が出ていることに気づいた。ブレイクさんに教えてあげて、「リュックの中にばんそうこうがあるはずですから」と申し出た。

ブレイクさんはケガをした指を口にふくみ、「だいじょうぶよ」とそっけなく答えただけだった。

肩《かた》をすくめるとジークは小さな声であいさつをし、二人でトレーラーのほうへと急いだ。と、あやうくフランクにぶつかりそうになった。

フランクはジェンをしかとつかまえると、にっこりとほほえんだ。「こらこら、まえをよく見ないと、目のまわりにあざを作ることになるよ」

ジェンは顔を赤らめた。「ごめんなさい。足を踏《ふ》んだりしませんでしたか？」フランクのがっしりした新しいワークブーツを見ながらたずねた。

フランクは足をあげると、オレンジ色の革《かわ》に汚《よご》れがないことを見せた。「新しいブーツだし、おまけにつま先はスチール製《せい》だからね。なにも感じないさ。ほら、まえをしっかり見るんだよ」

最後《さいご》にそうひと言忠告《ちゅうこく》すると、フランクは作業机《さぎょうづくえ》のならぶテントへとつかつかと歩いていった。

双子《ふたご》はようやくトレーラーのうしろにたどり着き、ドアまでの三つの段《だん》をこっそりとのぼった。ジェンは大きく深呼吸《しんこきゅう》をすると、さびついたチェーンとそれよりは新しそうな南京錠《なんきんじょう》を見つめた。これがトレーラーを泥棒《どろぼう》から守っているのだ。でも、完全には守りきれなかった。トレーラー内にもぐりこんで、マーフィ教授《きょうじゅ》のかくし場所からナイフを盗《ぬす》みだした人間がいるのだ。

ジェンは南京錠を左手でおさえ、右手でそれをこじ開けようとした。ところが鍵がパッと開いてしまった。ジェンはじっと手元を見つめた。

「閉《し》まってなかったんだ」とジーク。「だれが開けっ放しにしたんだろう。たしかに鍵をかける音が聞こえたんだけどな」

ジェンはさっとチェーンをはずし、ドアを開けた。二人は薄暗《うすぐら》いトレーラーの中にすばやくもぐりこんだ。ブラインドがおりていて、陽《ひ》も沈《しず》みかけている。

しばらくすると目が暗さに慣《な》れてきた。二人は別々《べつべつ》に行動した。ジェンがトレーラーの片方《かたほう》の端《はし》をさがし、ジークがもう一方の端を担当《たんとう》した。

ジークはファイルがぎっしりつまっている三つの書類棚《しょるいだな》をざっと調べた。あやしいものや重要《じゅうよう》そうなものはなにひとつ見つからなかった。なにかがかくされているかもしれないと、棚の裏《うら》も調べてみたが、暗くてはっきりとは見えなかった。

「ジーク！」ジェンの押《お》し殺《ころ》したような声が聞こえた。「これを見て！」

ジークはジェンのところへかけつけた。薄明《うすあ》かりの中、机《つくえ》の端へと押しやられた、鍵《かぎ》つきの小さな金属製《きんぞくせい》の箱が見える。書類の山の陰《かげ》になっている。

「ほら、見て。鍵がこわされているの」ジェンが指さしながら言った。「マーフィ教授《きょうじゅ》がナイフをしまった箱じゃないかな」

ジークは箱に手をのばした。「そうかもね。中になにか入ってる？」ジークは慎重《しんちょう》に箱のふたを持ちあげた。ちょうつがいがぎしぎしと音をたてた。中は空ではなかった。ジークが中をじっとのぞきこむ。「教授たちはこの話はしてなかったよね。だれかがつい最近《さいきん》、これをここに入れたんだ」

二人は箱の中にしまいこまれていたナイフを、じっと見つめた。ほのかな明かりしかなかったが、するどい刃先になにか赤いべとべとした液体《えきたい》が、まるで血のようなものがついているのがわかる。「マーフィ教授《きょうじゅ》が発見したものじゃないはずよ。新しすぎるもの」

ジークもうなずいた。「明らかににせものだよ。それに血もバーベキューソースのようだし。その紙にはなにが書いてあるの？」

ジェンはふたの内側《うちがわ》にはられたメモに顔を近づけた。「命が惜《お》しければ今すぐ立ち去れ！」声に出して読んだ。「どうしてもここからみんなを追いだしたい人がいるみたいね」

「ほんもののナイフは盗《ぬす》まれた。そしてだれかがその代わりに、新しく血のりのついたナイフを箱に入れた。明らかにこれは脅《おど》しだ」

「まだだれもこれを見つけていないと思うわ」とジェン。「見つけてたら、今ごろはさわぎになってるはずよ。わたしたちが第一発見者。だれかに報告《ほうこく》するべきかしら？」

「それでトレーラーに潜入《せんにゅう》したことも認《みと》めるわけ？」とジーク。「それはまずいんじゃないかな。そのままにしておいて、別《べつ》のだれかに見つけてもらうしかないよ」

ジェンはちょっと考えてから言った。「そうね。元どおりにしておこう。ここからこっそり抜《ぬ》けだして、だれかが入ってきて見つけるのを待つのよ。きっと大さわぎになるわ。みんなのおどろきかたから、だれがこれをかくしたのか見抜《ぬ》けるかもしれないわ」

ジークはふたを閉《と》じようとした。キーキー音がするのでびくっとした。トレーラーのドアの外で、聞き慣《な》れたチャリンチャリンという音がした。なんの音だったか考えているうちに、トレーラーのドアがバタンと閉《し》まった。

二人はぼうぜんとして立ちすくんでいた。だれかがドアの鍵《かぎ》をかけている。閉《と》じこめられてしまったのだ！

第八章　血まみれのナイフ

ジェンの心臓《しんぞう》ははげしく鼓動《こどう》し、とびだしてしまいそうだった。つまずきながら、ドアまで走り、開くかどうかを試《ため》した。ガタガタゆらすことはできても、開けることはできなかった。

「閉《と》じこめられちゃった！」とささやいた。「いったいどうやって外に出ればいいの？」

ジークが落ち着かせようとした。「心配ないよ。なにか方法《ほうほう》はあるはずさ」

「わたしたちがここにいるって、ばれてたのよ」ジェンがつづけた。「不法侵入《ふほうしんにゅう》でつかまっちゃうわ」

「少なくとも警察《けいさつ》ざたにはならないよ。ぼくたちをここに閉じこめた人は、警察にかかわってほしくないはずだもの。ナイフを盗《ぬす》んだり、代わりににせものを箱にしのばせておいたりしたんだからね。ぼくたちをここから追いだすなら、別《べつ》の方法《ほうほう》を考えるはずさ」

「いやんなっちゃう」ジェンが言った。「窓《まど》から助けを呼《よ》ぼうよ」

「冗談《じょうだん》じゃない。そんなことをしたら、ぼくたちがいろいろとかぎまわってるって、ばれちゃうじゃないか。ぼくたちがこの謎《なぞ》を解《と》き明かそうとしていることは、だれにも知られちゃならないんだ」ジークは目を閉《と》じて、必死《ひっし》に考えた。「だれにも見つからないように、ここから抜《ぬ》けだすしかない。トレーラーの下にひそんでいたとき、小さな出口を見つけたんだ」ゆっくりとした口調《くちょう》で話しはじめた。「非常口《ひじょうぐち》みたいなものだと思う」そして床《ゆか》に這《は》いつくばった。「さがすのを手伝《てつだ》ってよ。それしかないんだ。そうでもしないと、ここから……」

……生きて出られない、とジェンは心の中で言った。うめき声をあげそうになるのをこらえ、ひざまずいて、ほこりだらけの床に指をすべらせた。

「これじゃないかな」とジーク。

ジェンはすばやくそばへ行った。引きあげ式の扉《とびら》らしきものの輪郭《りんかく》がわかる。「取っ手があるわ」小さな金属製《きんぞくせい》の輪《わ》をひっぱった。

「もっと強く」ジークが命令《めいれい》する。

ジェンはしゃがんで、さらにその輪《わ》をしっかりとつかむと、思いっきりひっぱった。すると抵《てい》抗《こう》するかのようにきしみながら、その扉《とびら》が動き、大きく開いた。ジェンはいきおいよくうしろにたおれた。

「すごい！　やったね」ジークが歓声《かんせい》をあげた。「さあ、ここから出よう」

出口はせまかった。大人《おとな》がはたしてここをすり抜《ぬ》けられるのか、ジェンは不思議《ふしぎ》に思った。それでも自分はここから脱出《だっしゅつ》できるわけだし、今はそれだけでじゅうぶんだ。

地面までは一メートルもなかった。ジェンは体をよじって出口を抜けた。そして草の上に落ちると、わきへずれてジークのために場所を空けてやった。

ジークはリュックサックをまず地面に落とした。次に出口にするりと体を通しながら、扉をつかんだ。そのまま閉《し》めるつもりなのだ。でもなにかがはさまっているのか、ぴったり閉まらない。

「急いで」ジェンが小さな声でせかした。すぐにでもその場をはなれたいのだ。

「ちょっと待って」ジークが同じように小さな声で返した。扉のふちを指でなぞった。紙切れがちょうつがいの近くにはさまっていた。ジェンが扉を開けたときに床《ゆか》に落ちていたのだろう。ジークはその紙をひっこぬくと、ちらっと見てみたが、暗くてなにが書いてあるのかまでは読み取れなかった。ジークはその紙切れをポケットに押《お》しこみ、頭の上で扉《とびら》を閉《し》めた。

「さあ、出よう」ジェンが言った。

ジークもうなずき、ジェンにつづいた。「いてっ。ジェンがこのあいだひざをのせてたってい
う石だな」片手《かたて》でひざをさすりながら、もう片方の手で草の中をさぐった。

ジェンがまわりに人がいないことを確認《かくにん》して、トレーラーの下から這《は》いでようとしたとき、ジークがおどろいたような声をあげた。

ジェンがふりむいた。「どうしたの?」

ジークがなにか汚《よご》れたものをゆっくりと持ちあげた。「ジェンがひざをのせていたのはこれだよ」とジーク。「行方《ゆくえ》不明のナイフだ!」

「ほんとうに?」

ジークはうなずいた。「発掘《はっくつ》されたばかりみたい。教授《きょうじゅ》からこれを盗《ぬす》んだやつが、トレーラーの下にかくしたんだ。きっとこの出口から下に落としたんだろう」

「ということは、ここにさがしにくるわね」ジェンが体をふるわせながら言った。「これ、どう

する？」

「マーフィ教授《きょうじゅ》に返さなきゃ」

「それで自分たちがかぎまわっていたことを認《みと》めるの？　骨《ほね》をのぞいただけで、すでに教授はかんかんなのに」

ジークはリュックの中からきれいなトレーナーを出すと、ナイフをくるみ、リュックにしまいこんだ。「とりあえず持っていこう。まずは調べるべきことを調べて、ナイフのことはあとで考えよう」

ジェンはくちびるをかんだ。はたしてそれがいちばんいい方法《ほうほう》なのかわからなかった。盗《ぬす》んだ人は、ナイフをさがすだろう。もし自分たちが持っているとその人に知れたら……。その先は考えないことにした。二人はトレーラーの下から這《は》いでると、できるだけ早くそこからはなれた。トレーラーの近くで目撃《もくげき》されたくはなかったからだ。

ジェンが周囲《しゅうい》をざっと見まわした。マイケルとローリは学生たちと話をしている。フランクもそのそばにいる。マーフィ教授の姿《すがた》はどこにもない。

「マイケルとローリと話をしてみよう」ジークが提案《ていあん》した。チキンがこんがりと焼《や》ける、おいしそうなかおりがただよいはじめていた。

マイケルとローリはいちばん発掘《はっくつ》したい史跡《しせき》について話をしていた。

「アトランティスなんてどう？」ローリがうっとりと言った。

マイケルは鼻で笑《わら》った。「つまらない答えだな」

「どうしていつもそうなの？」ローリが怒《おこ》っている。

マイケルは困《こま》ったように両手をあげた。「そうなのって、なにが？」

「人を否定《ひてい》してばっかり。見てなさいよ。いつか考古学者として有名になってみせるから」そう言うとローリはぷりぷりしながら立ち去ってしまった。

マイケルは苦笑《にがわら》いをしている。「言っちゃいけないことをすぐ言ってしまうんだ」双子《ふたご》に説明《せつめい》する。「でも、なんであんなにカリカリして――」恐怖《きょうふ》におののく叫《さけ》び声が聞こえて、話がさえぎられた。

マイケルはふりかえった。「また幽霊《ゆうれい》か？」と声をあげたが、幽霊らしきものは見あたらない。

ローリがトレーラーの方向から走ってくる。「あの中に！」恐怖のあまり、声がうわずっている。

ジェンとジークはやっぱりと顔を見あわせた。

マイケルは、横を走りぬけようとしたローリの肩《かた》をしっかりとつかんだ。「なにが？　幽霊《ゆうれい》が中にいるのか？」

ローリは狂《くる》ったように首をふった。「ちがうわよ。血まみれのナイフよ！」

ちょうどそのとき、フランクがみんなのところにかけ寄《よ》ってきた。「どうした？」

ローリが体をふるわせた。「トレーラーの中に、ち、ち、血まみれのナイフが」言葉がうまく出ない。「どうして、こんなおそろしいことが！」

マーフィ教授《きょうじゅ》もあらわれた。「今度はなにごとかね？」

そのころには全員がトレーラーに向かって歩きだしていた。「なにがあったのかね？」マーフィ教授はしつこくきいている。

フランクとマーフィ教授はガタガタの階段《かいだん》を急いでのぼると、トレーラーの中へと消えていった。ジェンとジークはトレーラーの外で、ほかのみんなとならんで立っていた。まもなく二人が出てきた。マーフィ教授はナイフの入った箱を持っている。

「おまえだろう！」フランクに向かってどなる。「おまえがほんもののナイフを盗《ぬす》み、このにせものをわたしの箱の中に入れたんだ」

「わたしじゃない」フランクが声をはりあげ、反論《はんろん》した。「こんなことをするのはあんたくらいだろう」ばかにしたような口調《くちょう》だ。「それとも抗議者《こうぎしゃ》たちのしわざか。わたしたちを追いだそうとしているのかもな」

マーフィ教授《きょうじゅ》はならんでいる人たちに血まみれのナイフを見せた。「だれがやった？」全員に問《と》いただす。

だれも答えない。マイケルがもっとよく見ようとまえに進みでた。「デパートなんかで買えるふつうのナイフですよ」そう言うと、顔を近づけ、においをかいだ。「バーベキューソースじゃないかな？」とつけ加《くわ》えた。

ジークがひじでジェンを軽く突《つ》いた。

マイケルがローリに向かって言った。「これもきみのいたずらじゃないのか？」

「まさか！」ローリが叫《さけ》んだ。「死ぬほどこわかったんだから。どうしてわたしがそんなことをするのよ？」

マイケルは肩《かた》をすくめた。友だちになだめられながら、キャンプファイアのほうへ歩いていくローリを、じっと見ている。教授二人《きょうじゅ》はトレーラーの中へともどった。まだもめているようだが、その言葉までは聞きとれなかった。

ジェンがマイケルにたずねた。「トレーラーの鍵《かぎ》を持っている人の中で、あのナイフを置《お》きそうなのは？」

マイケルは軽く笑《わら》うと、鍵がたくさんついているキーホルダーを取りだし、ジャラジャラと鳴らしてみせた。「きっと冗談《じょうだん》だよ。トレーラーの鍵はみんな持っているんだ。だからだれがやったとしてもおかしくないのさ。マーフィ教授のナイフが盗《ぬす》まれたんで、だれかがおもしろ半分でやったんだろう」

「おもしろいとは思わないけど」とジーク。

マイケルはにやりとした。「考古学者ならではのユーモアだよ。寝袋《ねぶくろ》ににせものの骨《ほね》をしのびこませたりしておくこともあるんだよ」

「ゲゲッ」とジェン。「それのどこがおもしろいのかしら」

「教授たちの様子を見てくるよ」マイケルはそう言うと、トレーラーに近づいた。「じゃあまたあとで」

「ナイフを見ても、ぜんぜんおどろかなかったわね」マイケルが姿《すがた》を消すまで待って、ジェンが言った。

ジークも同じことを考えていた。「でもどうしてマイケルが？」

ジェンは答えが見つからなかったので、「食べてから考えようよ。すごくいいにおいがするんだもの」と提案《ていあん》するしかなかった。

ジークも待っていましたとばかりにうなずいた。二人はバーベキューに加《くわ》わって、コールスロー・サラダ、三種類《しゅるい》のポテトサラダ、ポテトチップス、そして外はパリッと、中はやわらかくジューシーに焼《や》きあげたチキンをお皿に取った。あまりにもおいしかったので、家に帰る時間になるまで、ほかのことはすっかり忘《わす》れてしまっていた。

二人が自転車で家に帰ったころは、まだ空がほんのりと明るかった。灯台《とうだい》ホテルに着くと、自転車をとめ、急いで勝手口《かってぐち》にまわった。大きなカエデの木の下を通ったとき、なにかが落ちてきてジェンの頭にあたった。

「あれっ、わたしのフワフワボールじゃない！」泡《あわ》のように軽いボールを追いかけて拾いあげた。

「どこにあったのかしら。ずっとさがしていたのに」

飼《か》いネコのスリンキーの鳴き声が上から聞こえた。木の枝《えだ》にいる。

ジークが笑《わら》った。「あのいたずらネコめ、木にかくしてたんだな」

ジェンが上を向いた。「そうか。地面ややぶの中はいろいろさがしたけど、上をさがすとは思いつかなかったわ」そしてネコに向かってボールをふってみせた。「ありがとう、スリンキー」

二人が台所に入ると、ビーおばさんはウィルソン刑事《けいじ》と夕食を取っているところだった。

「さっき、ステイシーから電話があったわよ、ジェン」二人が台所を出て、手を洗《あら》いにいこうとしたら、ビーおばさんがうしろから声をかけた。

二人はそれぞれの部屋《へや》で汚《よご》れた洋服を着替《きが》えた。ジークはナイフが入ったままのリュックサックをクローゼットのすみに置《お》いた。そして汚れたズボンとTシャツをかごの中に入れた。部屋を見わたし、きちんと片《かた》づいているのを確認《かくにん》して、部屋を出た。ジェンとは灯台《とうだい》の一階の記念館《きねんかん》でいっしょになった。ジェンの顔をひと目見ただけで、なにかよくないことが起きたのだとわかった。

「ステイシーに電話したの。今度のサッカーの試合《しあい》についての連絡《れんらく》だったんだけど、そのあとで、ジェレマイアの妹のことを教えてくれたの。うんていから落ちて腕《うで》を骨折《こっせつ》したんだって！」

ジークが顔をしかめた。「最初《さいしょ》にジェレマイアがケガをして、今度は妹か。家族が次々になんて、まるで呪《のろ》われているみたいだな。早いところ発掘現場《はっくつげんば》での不可解《ふかかい》な事件《じけん》を解決《かいけつ》しないと、これからも不幸がつづくような気がする」ジークがゆううつそうにつぶやいた。「しかも骨折だけじゃすまないかもしれない」

第九章　スキャンダル

次の日は土曜日だった。ジェンとジークは朝早くから発掘現場《はっくつげんば》へ向かった。ナイフをだれにあずけるべきか決めかねていたので、そのまま家に置《お》いておくことにした。自転車で現場近くまでやってきたところで、なにか深刻《しんこく》な事態《じたい》になっていることに気づいた。ジェンが見たところ、居《きょ》住地跡《じゅうちあと》を区分けしていた色ちがいのロープがぐちゃぐちゃにされ、きれいに山になっていた土がばらまかれていた。大きく土がえぐり取られているところもある。まるでだれかが必死《ひっし》になってなにかをさがしたようだ。

出土品をならべた机《つくえ》にまで荒《あ》らされたあとがある。きちんとならんでいた出土品がぐちゃぐちゃに置《お》かれ、下に落ちているものもある。それでも、骨《ほね》がならべられていた机《つくえ》にはあいかわらず黒いビニールシートがかけられていた。

「だれかがナイフをさがしていたのよ、きっと」とジェン。

双子《ふたご》は、不安そうな大学生たちに囲《かこ》まれているマイケルとローリのところへと急いだ。「おそらく住民《じゅうみん》たちが現場《げんば》を荒《あ》らしに来たんだ」マイケルが説明《せつめい》している。「それに、ゆうべ見つかったナイフは明らかににせものだったし、血だと思われていたのもバーベキューソースだったからね。ぼくたちを追いだそうとしているんだ」

「でも発掘《はっくつ》を再開《さいかい》するにしても、これを元にもどすには丸一日はかかるわ」ローリが不満《ふまん》そうに言った。

「ほらほら、みんな仕事にもどって」大またで近づいてきたフランクが言った。ジェンはフランクのあの新しいブーツのつま先に、もう緑色のしみがついていることに気がついた。発掘作業《さぎょう》というのは汚《よご》れるものなのだろう。「時間がもったいないぞ」フランクがつづける。「記者会見はあしたなんだから、現場を片《かた》づけてきちんと見せないと。マーフィ教授《きょうじゅ》の評判《ひょうばん》もあることだし」

学生たちは散《ち》っていった。マイケルも指示《しじ》を出しながら学生たちといっしょに行ってしまった。

残《のこ》ったのはローリとフランクだけだった。

フランクが双子《ふたご》のほうを向いて言った。「悪いけど帰ってもらえるかな。ゆうべああいうことがあっては、外部の人間を入れるわけにはいかないんだ」

「抗議《こうぎ》の人たちは?」ジークがきいた。

フランクはデモ隊《たい》を見た。「あの人たちは黄色い線からは出ないことになっている。それ以上《いじょう》はこちらもどうすることもできないんだ」そう言うと、ふりかえりもせず歩き去った。

ローリはフランクの姿《すがた》を目で追いながらまゆをしかめた。「いつもはあんなに気むずかしくないんだけど」ローリは双子に言った。「でももう行ったほうがいいわ。もしマーフィ教授《きょうじゅ》に見つかったらものすごく怒《おこ》られちゃうから。あの人はいつも不機嫌《ふきげん》だからね」

「どうしてフランクはいつも、マーフィ教授の評判《ひょうばん》がどうとかって言うの?」

ローリがその質問《しつもん》に答えようとしたとき、だれかのするどい声がとんできた。「どうしてその子たちがここにいるんだ?」三人がふりかえると、血相《けっそう》を変《か》えて突進《とっしん》してくるマーフィ教授の姿があった。「出ていけ!」

ジェンとジークはマーフィ教授につかまるまえに逃《に》げだした。「ねえ、トレーラーにわたしたちを閉《と》じこめようとしたのは、あの人じゃない？」自転車に向かって走りながら、ジェンがきいた。「わたしたちのことが好《す》きじゃないみたいだし。もしかしたら、じゃまをさせないようにわたしたちを閉じこめておくつもりだったんじゃない？」

「そうかもね」とジーク。「マーフィ教授《きょうじゅ》が関係《かんけい》しているスキャンダルっていうのがなんなのかわかれば、行方《ゆくえ》不明の出土品のこともなにか手がかりがつかめるんじゃないかな」

自転車をとめておいた広場の端《はし》に着いた。ジェンが自転車にまたがってしまってから、ジークが言った。「あとひとつだけ調べたいことがあるんだ」ジェンがなにか言おうとしたときには、ジークはもう長い机《つくえ》のほうへと向かっていた。ジークはもう一度だけ古い骨《ほね》を見ておきたかった。あやしいと思っていたことがあり、それをたしかめたかったのだ。

シートでおおわれた机に向かう途中《とちゅう》も、ジークはマーフィ教授に見つからないよう、警戒《けいかい》をおこたらなかった。机のそばまで来ると、四つんばいになった。骨がならべられているあたりでひざ立ちになって、シートを持ちあげると、目のまえに頭蓋骨《ずがいこつ》の目の部分があった。頬骨《ほおぼね》もある。粉々《こなごな》にくずれたりはしていない。ドキドキしながら、でも確信《かくしん》をもって、ジークは先のとがった棒《ぼう》で頭蓋骨のおでこあたりをひっかいてみた。泥《どろ》がこすり取られて、あざやかな白い線が浮《う》かびあがった。これも石膏《せっこう》だ！　まえにくずしてしまったものとは別物《べつもの》だ。だれかがまた別のにせものと置《お》きかえたのだ。

ジークは机《つくえ》に沿《そ》ってゆっくりと進み、頭蓋骨《ずがいこつ》や骨《ほね》をひとつひとつ丹念《たんねん》に調べた。泥《どろ》のついた石膏のにせものがあとふたつ見つかった。全部を調べることはできなかったが、少なくとも半分はにせもののようだ。

ジークは急いでジェンのところへもどった。ジェンは下くちびるをかんでいる。心配ごとがあるときにしか見せないしぐさだ。

「つかまっちゃうかと思ったじゃない！」ジェンが声をはりあげた。「さあ、行こうよ！」

「二人ともなにやっているんだい？」聞き慣《な》れた声がした。

ジェンはおどろいて叫《さけ》びそうになったのをぐっとこらえた。「ジェレマイア！」と声をあげる。

「なんでここにいるの？」

「おかあさんといっしょにデモに参加《さんか》しているんだ」

「松葉杖《まつばづえ》で？」ジェンがきいた。

「そうだけど、悪い？」ジェレマイアがふてくされた声で答えた。

「発掘現場《はっくつげんば》をめちゃくちゃにしたの？」ジークがきく。

「まさか」とジェレマイア。

「でも抗議者《こうぎしゃ》たちのしわざじゃないかって、みんな言ってるよ」ジークが忠告《ちゅうこく》する。「もしフランクやマーフィ教授《きょうじゅ》にここにいるところを見つかったら、たいへんなことになるよ」

「ここは自由な国さ」ジェレマイアは意地をはっている。「ぼくがここに来るのだって自由だろ。出ていくべきなのはあのまぬけな考古学者たちのほうなんだ」

「どうしてそんなにこだわるの？」ジェンがきいた。

とたんにジェレマイアは、杖《つえ》をついたままくるっと向きを変《か》え、デモ隊《たい》のほうへ向かっていった。まもなくその姿《すがた》も見えなくなった。

「なにか都合《つごう》の悪いことでも言ったかな」ジークが不思議《ふしぎ》がっている。

ジェンがジークのひじをひっぱり、指さした。マーフィ教授が向かってくる。目が怒《いか》りにぎらついている。「さっさと行こう！」

二人はさっと自転車にとび乗ると、急いで現場から走り去った。じゅうぶんにはなれると、ジークはビニールシートの下で発見したことをジェンに話して聞かせた。

「どうしてにせものをほんものとして通そうとするのかしら？　だれかがくわしく調べはじめたら、すぐにわかっちゃうのに」

ジークはちょっと肩《かた》をすくめてみせた。「いい質問《しつもん》だね。どうやらこれも謎《なぞ》と、呪《のろ》いの言い伝《つた》えに関係《かんけい》がありそうだ」


昼食後、客室のそうじを始めるまではまだしばらく時間があった。

「三時までにもどるのよ」二人が玄関《げんかん》から出ていくとき、うしろからビーおばさんが声をかけた。

「わかってる」とジェン。インターネットではマーフィ教授《きょうじゅ》のスキャンダルとやらは見つからなかったので、図書館に行って調べることにしたのだ。

二人は自転車にとび乗ると、長い私道《しどう》をくだり、町へとつづく曲がりくねった道を走った。古い林道を通って町に向かうことにした。海岸沿《ぞ》いの魔《ま》のカーブを通るのはやめた。切り立った崖《がけ》の真下に岩場や海が広がっている、ほんとうにこわい場所なのだ。

ようやくミスティックの旧市街地《きゅうしがいち》のはずれに着いた。メイン通りを走り、図書館へと向かう。とつぜんジークがブレーキをかけた。ジェンはあぶなくうしろからつっこんでしまいそうになった。

「なにしてるのよ！」ジェンは自転車を立てなおしながら、怒《おこ》って言った。

「見た？」それを無視《むし》して、ジークがきいた。

「見たってなにを？」

「マイケルだよ」ジークは自転車をおりて、レンガ塀《べい》に立てかけた。そして〈ミスティック・カフェ〉の窓《まど》から中をのぞいた。ジェンもそれにならう。

「だれと話しているのかしら？」ジェンがささやいた。マイケルが顔をあげないよう祈《いの》った。二人がスパイのように様子をうかがっているところを見られたくない。マイケルはなにかの書類《しょるい》にサインをすると、見知らぬ人と握手《あくしゅ》をした。それから二人とも立ちあがり、マイケルは落ち着かない様子であたりを見まわしている。

ジェンとジークはあわてて身をかくした。しばらくじっとしたあとで、もう一度窓から中をのぞいた。マイケルともうひとりの人物は立ったまま、笑《わら》っている。そして別々《べつべつ》に出口に向かった。

双子《ふたご》は自転車にとび乗ると、こぎはじめた。

「あれはなんだったんだろう？」ジェンは図書館正面の自転車置《お》き場《ば》に自転車をとめながら考え

ていた。二人がいる場所から、マイケルが発掘現場《はっくつげんば》へとつづく道のほうに向かうのが見えた。一方の見知らぬ人物は、車に乗って町から出ていった。「なんかすごくあやしかったわね」

「ローリが、マイケルはなにかたくらんでいるって言ってたよね」とジーク。

二人は図書館に入ると、司書《ししょ》の人に手伝《てつだ》ってもらうことにした。ビーおばさんはずいぶん長いあいだ図書館の館長を務《つと》めていたので、司書のシェーカーさんはおばさんの様子をたずねながら、二人をマイクロフィルムのある場所へと案内《あんない》してくれた。

「これが『考古学ダイジェスト』のバックナンバーがおさめられているフィルムよ。これをあその機械《きかい》にさしこめば、もくじが出てくるので、そこからどの号の何ページを見ればいいか調べることができるの。じゃ、がんばってね」

ジェンはため息をついた。調べものはけっして好《す》きではない。とくに今日のように天気のよい日にはなおさらだ。

ジークはフィルムを機械に挿入《そうにゅう》し、ざっと見はじめた。そしてある見出しを指さした。〝ミシシッピ・スキャンダル〟。その小見出しには〝マーフィ、出土品をねつ造《ぞう》〟とあった。

第十章　新《あら》たな容疑者《ようぎしゃ》

ジークはすばやくダイヤルをまわして、その記事のページをさがしだした。二人はだまって読んだ。

ジェンのほうが読むのは速い。イスに深々とすわり、ジークが読みおわるのを待った。ジークは読みおわるとジェンのほうを向いて「すごいな」と言った。

「悪い評判《ひょうばん》が立つわけよね」とジェン。「ミシシッピ川沿《ぞ》いで発掘作業《はっくつさぎょう》をしていたときに、出土品を全部ねつ造《ぞう》して、それがばれたのね」

ジークがうなずいた。「たいして価値《かち》のある品が出土しなかったので、もっと注目されるためにやったと、この記事には書いてある。急いでなにかすごく重要《じゅうよう》なものを発見できなければ、発《はっ》掘《くつ》そのものが打ち切られることになっていたらしい」

「となると、今回も同じことを考えているのかも」とジェンは口にした。

「あの頭蓋骨《ずがいこつ》をねつ造《ぞう》したのはきっとマーフィ教授《きょうじゅ》だ」ジークが早口で言った。「おぼえてる？　見つかったとき、頭蓋骨はにせものだってぼくが言うと、すごく怒《おこ》ったじゃないか」

「でもどうして同じことをくりかえすの？　一生を棒《ぼう》にふることになるのに」

「フランクがマーフィ教授に対して腹《はら》を立てているのはそこじゃないかな。もし教授がまたねつ造すれば、二人がなにを言ってもだれも信用《しんよう》しなくなるからね」

「もしフランクが自分はねつ造には無関係《むかんけい》だったと証明《しょうめい》できれば、話はちがってくるわ」ジェンが別《べつ》の意見を言った。「そうすればマーフィ教授が消えて、フランクが全体を取りしきることができる」

「それとも抗議者《こうぎしゃ》の中に教授の過去《かこ》を知っている人がいて、にせものを仕込《しこ》んで発掘の信頼性《しんらいせい》をぶちこわそうとしているのかもしれない。あしたが記者会見だからね」ジークが考えながら言った。「スキャンダルを暴露《ばくろ》するにはかっこうのタイミングだし」

「マイケルが知らない人といっしょにいたのも、ねつ造《ぞう》と関係《かんけい》があるのかしら？」ジェンも言ってみた。「もしかしたら、教授《きょうじゅ》がまたねつ造していることを証明《しょうめい》するなにかに署名《しょめい》していたのかもしれない。マーフィ教授がいなくなれば、マイケルがそのあとがまについて、そうなればローリがマイケルの仕事を引き継《つ》ぐことになる。みんなが一段《いちだん》ずつえらくなれるってわけ」

ジークが指でトントンとテーブルをたたいた。「みんなそれぞれ、マーフィ教授を追いだしたい理由があるみたいだね」

「でもそれだけじゃ、この謎《なぞ》は解決《かいけつ》できない」フィルムを取りはずし、もとの棚《たな》にもどしながら、ジェンがため息をついた。「ただ、マーフィ教授にはあのナイフを返さないほうがいいわね。あれもにせものかもしれないし」

ジークも賛成《さんせい》だった。「可能性《かのうせい》はふたつ。ひとつはマーフィ教授自身が頭蓋骨《ずがいこつ》をねつ造していて、ばれると困《こま》る。もうひとつは、だれかほかの人がねつ造して、マーフィ教授に罪《つみ》を着せようとしている」

「どちらが正しいのか、だれのしわざかを突《つ》き止めればいいのよね」とジェン。そして、「それだけのことよ！」と顔をしかめてみせた。

外に出ると、ジェンはすずしいメイン州《しゅう》の風を受け、深呼吸《しんこきゅう》をした。あたたかな日ざしが顔を照《て》らし、気持ちがいい。二人はゆっくりと自転車を走らせ、これまでにわかったことを思いかえしていた。

コインランドリーの横を通りぬけようとしたとき、見慣《な》れた茶色いポニーテールが目に入った。ジェンがローリの名前を呼《よ》ぶと、ローリがふりかえり、二人は手をふった。

「今日は洗濯《せんたく》の日」にこっと笑《わら》いながらローリが言った。「洋服の泥《どろ》を洗《あら》い落としてきれいにすると、気持ちいいわ。シーツまで汚《よご》れちゃうんだから。汚れた枕《まくら》カバーなんかもう最悪《さいあく》よ」

「シーツの予備《よび》はないの？」ジークはビーおばさんがホテルのベッドに、それぞれ四枚《まい》ずつシーツを用意していることを思い出し、きいてみた。そうしておけば、洗濯が間に合わなくても、いつでもきれいなシーツが使える。

「ほんとうは予備もあったんだけど」とローリ。「盗《ぬす》まれちゃったのよ」

ジェンとジークは顔を見あわせた。盗まれた？　ハロウィーンの仮装《かそう》のようなかっこうをしていた人に？

「それで、二人ともなにをしているの？」ローリがきいた。

「自転車で走りまわってただけ」ジークが答えた。マーフィ教授《きょうじゅ》のスキャンダルを知っていることは、知らせなくていい。ローリはマーフィ教授のもとで働《はたら》いているわけだし、自分たちがいろいろ調べていることをこころよく思わないかもしれない。

「もう行かなきゃ」ジェンが言った。道路のむこう側《がわ》をじっと見ている。

ジェンがなにに気を取られているのかと思い、ジークが見てみると、〈スミス・シスターズ美容室《びようしつ》〉と書かれたピンクと青の看板《かんばん》がドアの上に出ていた。

「じゃあね、ローリ」ジェンが自転車をこぎはじめた。

ジークもローリに手をふって、ジェンに追いついた。「帰る方向とちがうけど」ジークは言った。

「わかってる。ちょっと確認《かくにん》したいことがあるのよ」美容室のまえに来ると、ジェンは自転車からとびおりて、壁《かべ》に立てかけた。「すぐもどるから」そう言うとドアの向こうに消えた。

数分後、もどってきたジェンの顔はくもっていた。

「どうしたの?」とジークがきいた。

ジェンは首をふっただけで、美容室からかなりはなれたところまで来て、ようやく口を開いた。

「スミス姉妹がだれだかあててごらん」

ジークは肩《かた》をすくめた。

「ひとりはベティ・ゼイン。もうひとりがジェレマイアのおかあさん。二人とも旧姓《きゅうせい》はスミス。あのオバダイア・スミスの子孫《しそん》かもしれない！」

ジークは息をのんだ。「そうだったのか！　スミスという名字《みょうじ》、聞いたことがあるような気がしてたんだ。どうりでブレイクさんが発掘《はっくつ》に反対してるわけだ。しかも、ジェレマイアと妹がケガをしたんだからね」

「あの言い伝《つた》えが現実《げんじつ》になるのかも」ジェンも言った。「もし言い伝えが真実なら、あの幽霊《ゆうれい》もほんものなのかもしれない」

「早いところ真相《しんそう》をさぐりださないと、災難《さいなん》がこれからもつづくことになる」

そのあと二人は家に着くまでひと言も言葉を交《か》わさなかった。長く、急な私道《しどう》をようやくのぼりおえて灯台《とうだい》ホテルにたどり着いた。中に入ると、すぐに客室のそうじに取りかかれるよう、ビーおばさんがそうじ道具を用意してくれていた。

「これでケイスリーさんの部屋《へや》に入ることができるね」そうじを始めながらジークが言った。

「いつも発掘現場《はっくつげんば》にいるのには、なにか理由があるはずだ。ぶらぶらしてただけじゃないと思う」

ケイスリーさんが泊《と》まっている〈バラのバンガロー〉に入ると、二人はなにか疑《うたが》わしいものがないか、とくに注意をして部屋《へや》の中を見てまわった。はたきをかけるときには、ピンクと黄色のバラが描《えが》かれたカーテンのうしろや、同じ色のストライプ柄《がら》のイスの下まで念入《ねんい》りに調べた。

ジェンは小さなバラがちりばめられたゴミ箱を持ちあげた。中身をゴミの収集袋《しゅうしゅうぶくろ》に空けようとしたら、紙切れが何枚《まい》かこぼれ落ちてしまった。拾いあげると、そのうちの小さな紙は名刺《めいし》だった。

ジェンはそれを見てから、ジークに手わたした。ジークはおどろいてじっと見つめた。

ジュリアナ・ケイスリー
アンブロージア・アンティーク
ニューヨーク州《しゅう》　ニューヨーク
植民地時代《しょくみんちじだい》のアメリカの工芸品《こうげいひん》を専門《せんもん》にあつかっています

裏《うら》がえすと、そこには赤い字で、〝エイボン大学〟と書かれていた。

「これって、発掘《はっくつ》のお金を出している大学じゃない？」ジークがジェンにそれを見せながらきいた。

「そうだと思う」

「自分のアンティークのお店で売るために、ナイフを盗《ぬす》んだとか？」

そのとき、ジークはこの部屋《へや》に向かってくる足音に気づいた。先がスチール製《せい》の杖《つえ》をつく音も！

第十一章　真夜中のできごと

部屋《へや》のドアがいきおいよく開いて、ケイスリーさんが二人をじっと見つめた。とがった鼻がいつもよりさらにとがって見える。

「すぐに終わります」ジェンがにこやかに言った。ゴミ袋《ぶくろ》の口を結《むす》び、ジークにつづいて部屋を出た。ケイスリーさんの突《つ》き刺《さ》すようなするどい視線《しせん》を背中《せなか》に感じ、角を曲がるまでは息もできなかった。

ジェンは壁《かべ》にどさっと寄《よ》りかかった。「あぶなかった！」

「なにがあぶなかったの？」ビーおばさんが腕《うで》いっぱいに洗濯物《せんたくもの》をかかえて通りかかった。

「ううん、ほうきを持ったままケイスリーさんにぶつかりそうになって」ジークがあわてて答えた。

ビーおばさんは意味ありげに二人を見た。おばさんは二人の行動を不審《ふしん》に思うこともあるみたいだけれど、ありがたいことに問《と》いただしたりはしない。「これから洗濯《せんたく》するから、自分たちの洗濯物も下に持ってきてちょうだい」ビーおばさんは歩いていきながら二人に頼《たの》んだ。

ジェンは思わずうなった。汚《よご》れたくつ下やTシャツを見つけだすために、部屋《へや》じゅうをさがさなければならない。灯台《とうだい》の二階にあるジェンの散《ち》らかり放題《ほうだい》の部屋のまえで別《わか》れると、ジークは三階の自分の部屋へとあがっていった。ジークのほうは、ものの数分もかからずに、汚れた洋服をかごから出し、ビーおばさんのもとに持っていくことができる。でもそのあと、一時間くらいジェンを待つはめになるだろう。いつものようにジークが手伝《てつだ》ってあげれば別《べつ》だけど。

ジークは、洋服のポケットの中になにも入っていないか確認《かくにん》し、くつ下も表にきちんと返した。きのうはいていた半ズボンから二十五セント玉がふたつ、ガムが一枚《まい》、そして紙切れが出てきた。ガムを口の中に入れながら、出てきた紙切れを開いた。トレーラーの引きあげ式の扉《とびら》にはさまっていたものだ、ととつぜん思い出した。トレーラーから脱出後《だっしゅつご》、ナイフを発見したので、すっかりこの紙切れのことを忘《わす》れてしまっていたのだ。

エイボン大学
法医《ほうい》人類学《じんるいがく》研究室
二〇三‐五五五‐七八六五

ジークは顔をしかめた。またエイボン大学。発掘作業《はっくつさぎょう》のお金を出している学校だ。でも、法医人類学ってなんだろう？　本棚《ほんだな》から辞書《じしょ》を取りだし、調べてみると、法医人類学とは、人間の白骨化《はっこつか》した遺体《いたい》などを鑑定《かんてい》したりする学問《がくもん》らしい。ジークは辞書をぱたんと閉《と》じると、急いでジェンの部屋《へや》へおりていった。

予想どおり、ジェンはまだベッドの下から汚《よご》れたくつ下をひっぱりだしていた。床《ゆか》に這《は》いつくばり、足だけがベッドの下から出ている。ジークは背中《せなか》をとんとんとたたいて注意を引いた。ジェンはびっくりして頭を持ちあげてぶつけてしまい、痛さで大きなうなり声をあげた。頭をなでながら、ベッドの下から這いでてきた。「おどかさないでよ。あの幽霊《ゆうれい》のことが頭からはなれないんだから」

ジークは必死《ひっし》に笑《わら》いをこらえた。「ごめん、ごめん。でも大切なことなんだ。これを見て」そう言うと、例《れい》の紙切れをジェンに見せた。

「電話してみようか」ジェンがすかさず言った。「にせものの骨《ほね》となにか関係《かんけい》があるのかも」

二人は一階へかけおり、受付《うけつけ》カウンターで電話をかけた。ようやく電話がつながると、研究員からコード番号もしくはファイル名を求《もと》められた。

「えーっと」ジークは受話器《じゅわき》に耳をつけて聞いているジェンを、ちらりと見た。

ジェンは肩《かた》をすくめてささやいた。「ミスティック虐殺事件《ぎゃくさつじけん》？」

「ミスティック虐殺事件です」とジーク。大人《おとな》っぽく聞こえるよう、できるだけ声を低《ひく》くおさえている。

「あー、これですね。分析《ぶんせき》は終わっています。そうですね、骨《ほね》には形跡《けいせき》が残《のこ》されていませんが、ボウルには――あれ、失礼《しつれい》ですがどなたですか？　このファイルは極秘《ごくひ》あつかいになっていますが。もしかして――」

ジークは電話を切った。

「どうして切っちゃうの？」ジェンが声をあげた。「だれかの名前を言うところだったのよ。盗《ぬす》んだ犯人《はんにん》の名前だったのよ、きっと！」

ジークは失敗《しっぱい》したと気づき、顔をしかめた。「かけなおしても、あやしまれるだけだし。どうして切っちゃったんだろう。パニックになっちゃったんだ」

ジェンがニヤッとした。「へえ、いつも冷静沈着《れいせいちんちゃく》なジークくんが？」そう言って笑《わら》うと、ジークがふざけてパンチを食《く》らわせようとしたのを、さっとよけた。そしてすぐに真剣《しんけん》な顔つきになった。「でも骨《ほね》には形跡《けいせき》が残《のこ》されていないって、どういう意味？」

ジークはソファに深々とすわり、天井《てんじょう》を見あげた。「骨には形跡が残されていない」とくりかえした。「でもボウルにはなにかある。骨を持ちだしてにせものとすりかえた人は、おそらくボウルも持ちだしたんだ」

「さらにその同じ人間がナイフを盗んで、トレーラーの下にかくしたのかもしれない！」

「発掘現場《はっくつげんば》に行って、もっとくわしく調べなくちゃ」とジーク。「今夜だ。今夜は月が出ないはずだからぴったりだ」

「昼間じゃだめ？」ジェンは答えがわかっていても、きかずにはいられなかった。暗いのがいやなのではない。幽霊《ゆうれい》に頭蓋骨《ずがいこつ》とくれば、発掘現場《はっくつげんば》は闇夜《やみよ》にすすんで行きたい場所ではない。

ジークはきっぱりと首を横にふった。「だめだ。だれかに見られる可能性《かのうせい》がある。今夜、真夜中に部屋《へや》に迎《むか》えにいくよ」


ジェンは起きていようとがんばっていた。でもジークが部屋のドアをノックしたときにはぐっすり眠《ねむ》っていて、ジークに起こされるはめになってしまった。ジェンはジーンズに黒いパーカー姿《すがた》で、懐中電灯《かいちゅうでんとう》を手にしてよろよろと階段《かいだん》に出てきた。

「インターネットですごい情報《じょうほう》を見つけたんだ」興奮《こうふん》しながらジークが言った。

「なに？」

「静《しず》かに」ジークが注意した。「むこうに着いたら説明《せつめい》するよ」

二人はしのび足で一階までおり、勝手口《かってぐち》から外に出た。ジェンは家の鍵《かぎ》をポケットにしまいこんだ。音をたてないよう、二人は自転車を押《お》して進んだ。原っぱにたどり着いたところで自転車に乗り、ヘッドライトをつけた。ジークがまえを走った。ころがっている石や丸太などに乗りあげてひっくりかえらないよう、懐中電灯ではるか先を照《て》らしている。

ジェンの体がぶるっとふるえた。こわいからじゃない、風が冷《つめ》たいからだ、と自分に言いきかせた。動物たちがあわててやぶの中へ逃《に》げこむ。おかげで数メートルごとに二人はドキッとさせられる。小道の最後《さいご》のカーブまで、一生たどり着かないのかと思った。発掘現場《はっくつげんば》に着くと、自転車からとびおり、そのまま横だおしにした。必要《ひつよう》ならば、すばやく逃げられるようにしておくのだ。そして懐中電灯《かいちゅうでんとう》を低《ひく》い位置《いち》で持って地面を照《て》らしながら、そろそろと骨《ほね》が保管《ほかん》されているテントへと向かった。

ジークは足元でゆれる明かりから目をはなさなかった。なにかにつまずいてとつぜん声をあげたりしたくない。もし今夜だれかにつかまったりしたら、とてつもなくたいへんなことになってしまう。

ようやく骨がならぶ机《つくえ》にたどり着いた。ジークはビニールシートを持ちあげると、頭蓋骨《ずがいこつ》を照らした。いくつかには、さっきジークがさわってみたあとがうっすらと残《のこ》っている。ジークは石膏《せっこう》ではないほんものの骨をいくつか選《えら》ぶと、光を照らしてじっくりと観察《かんさつ》した。

「なにか見える?」ジークがジェンにささやいた。

ジェンは持っていた懐中電灯を骨に近づけ、目をこらしてじっとその骨を観察した。「なにも。

ただのきたない骨《ほね》みたいだけど」

「じゃあ、これは？」ジークはさらに何本か骨をさしだした。

「なんにも。なにを見つければいいの？」

「妙《みょう》な傷《きず》とか、切りこみとか」

ジェンはさらにじっくりと観察《かんさつ》した。「ううん」

ジークがにこっとした。「そのとおりさ。暴力行為《ぼうりょくこうい》のあとはどこにもない。おぼえてる？　電話で研究室の人が、骨にはなんの形跡《けいせき》も残《のこ》っていなかったって言ってただろ」ジークが小声で言った。

ジェンがうなずいた。

「なんのことだかわからなかったけど、重要《じゅうよう》な意味を持つことにちがいないと思った。だからインターネットで調べたんだ。刺《さ》し殺《ころ》された人の骨には、かならず切れこみや溝《みぞ》が残るそうなんだ。これだけ年月がたっていても、もしここの人々が殺人鬼《さつじんき》にナイフで刺し殺されたのならば、なんらかの形跡が骨に残っているはずなんだ」

「すごい。でもじゃあ、ここの人たちはどうして死んだの？」そう言ってから、ジェンは小さく指を鳴らした。「ボウルね！」

ジークがうなずいた。「食べ物さ」

「毒《どく》ね！」

二人の左側《ひだりがわ》のほうで枝《えだ》が折《お》れる音が、銃声《じゅうせい》のようにひびいた。

ジェンとジークは懐中電灯《かいちゅうでんとう》を消した。二人はすぐに逃《に》げられるように、身をかがめた。足音が近づいた。

ジェンはジークの腕《うで》をつかんで、さらに陰《かげ》のほうへとひっぱった。真《ま》っ暗闇《くらやみ》の中、フードをかぶった人影《ひとかげ》が、ゆっくりと骨《ほね》の机《つくえ》に近づいてくる。暗くて、だれなのかはわからない。

その人影は、黒いビニールシートを持ちあげると、頭蓋骨《ずがいこつ》や骨をいくつか手に取り、袋《ふくろ》の中に入れはじめた。そしてかわりに別《べつ》のものを机に置《お》くと、こそこそと姿《すがた》を消した。

ジェンの心臓《しんぞう》は、まるで一秒間に百万回も脈打《みゃくう》っているのかと思うほどだった。でもあの人影がたった今、なにをしたのか調べなくては。

だまったまま、ジェンはジークをせかしながら、頭蓋骨がならぶ机にしのび寄《よ》った。近くへ行くと、ジークが黒いシートを持ちあげた。ジェンが懐中電灯をつけ、頭蓋骨のからっぽの目の部分をまっすぐ照《て》らした。明かりを持つ手がふるえる。でもくちびるをかんで、叫《さけ》び声を出すまいとがまんした。頭蓋骨《ずがいこつ》があることはわかっていたんだから。

ジークが最初《さいしょ》の頭蓋骨を指で押《お》してみた。さらに爪《つめ》で、まゆのあたりをひっかいてみた。なにもはげ落ちない。石膏《せっこう》の頭蓋骨がほんものとすりかえられていたのだ！

第十二章　追《つい》跡《せき》

ジークは急いでほかの頭蓋骨《ずがいこつ》や骨《ほね》も調べてみた。にせものがすべてなくなっている！

「もう行こうよ」ジェンがささやいた。背《せ》すじがぞくっとした。なにかいやな予感がする。

机《つくえ》からはなれると、その正体《しょうたい》がわかった。懐中電灯《かいちゅうでんとう》を手にした人影《ひとかげ》が、二人に向かってきたのだ。

二人は自転車がとめてあるところへ、こっそりと走った。懐中電灯の光が追いかけてくる。その人影が走りだした。

ジェンは自転車にとび乗り、暗い小道をひたすらこいだ。最初《さいしょ》の曲がり角を曲がったところで、なにかにぶつからないよう懐中電灯《かいちゅうでんとう》をつけた。

「あぶなかったね」ジェンは言った。

答えがない。

恐怖《きょうふ》が電流のように体を走りぬけた。懐中電灯をめちゃくちゃにふりまわしてさがした。ついて来ていたはずのジークがいない。どこにもいないのだ。一瞬《いっしゅん》、どうしようかと自問自答《じもんじとう》した。家に帰り、助けを呼《よ》ぶか。でもそれでは二度とここへ来られなくなる。それとも引きかえして、ひとりでジークを救《すく》いだすか。

迷《まよ》うまでもない。まずは自分ひとりでジークをさがそう。もしジークがつかまってしまっていたり、ケガをしていたりしたら、そのときにはビーおばさんを呼びにいこう。

息をととのえ、自転車を方向転換《てんかん》させると、ゆっくりと、慎重《しんちょう》に進んだ。現場《げんば》近くにさしかかると、懐中電灯を消し、自転車をおりて押《お》していくことにした。やぶに入りこまないように注意する。

「おい！」

ジェンは凍《こお》りついた。

「ジェン、ここだよ！」

「ジーク？」

ジークがやぶの中から這《は》いでてきた。「追いかけてくるのがだれなのか知りたくて、かくれていたんだ」

「それでだれだったの？　見えた？」

「マイケルだよ！」

「マイケルが、いったいどうして？」ジェンがききかえした。ささやくよりももっと小さな声だ。

「わからない。机《つくえ》のところで、ひとつひとつ照《て》らしてから、テントにもどっていった」

ジェンは気づかないうちにほほえんでいた。「幽霊《ゆうれい》に連《つ》れていかれたのかと思った」

ジークの体がぶるっとふるえた。「やめろよ！　さ、帰ろう」

発掘現場《はっくつげんば》からはなれるにつれ、ジェンの肩《かた》の緊張感《きんちょうかん》はほぐれていった。それでも無事《ぶじ》自分の部屋《へや》にたどり着くまでは、心からほっとすることはできなかった。

「ということで」ジェンの部屋で折《お》りたたみイスにすわりながら、ジークが言った。「二番めにあらわれたのはマイケルだったわけだ。でも最初《さいしょ》にあらわれたフードをかぶった人、あれはだれだったんだろう」

「ジークには全部わかってるのかと思った」ジェンが答えた。

「容疑者《ようぎしゃ》メモの出番だ」二人が口をそろえた。ジェンはペンと紙を何枚《まい》か用意した。三十分後、ジェンは二人で書きだしたことを読みあげた。

容疑者メモ

容疑者《ようぎしゃ》　ローリ・テイラー

動　機《どう　き》　マーフィ教授がいなくなれば、もっと重要な仕事につくことができる

疑問点《ぎもんてん》

1. 簡易ベッドとシーツを持ちこんでいるのはローリだけ。そのシーツが第二の幽霊に使われたのかも。予備のシーツはほんとうに盗まれたのか？

2. マイケルにいい人ぶるな、と言われていた。どういう意味だろう？

3. トレーラーの中で教授のひとりと、幽霊になりすますとかいう話をしていたのはローリ？

容疑者メモ

容疑者《ようぎしゃ》 マイケル・ダーンズ

動《どう》　機《き》 マーフィ教授のあとがまをねらっている

疑問点《ぎもんてん》

1. 幽霊が消えたあとにかならず森の中を調べるのはなぜ？ 証拠をいんめつしようとしているとか？
2. 町で話をしていた相手はだれ？ 署名をしていたのはなに？あやしい。
3. 今夜、骨がならべられている机を懐中電灯で照らしながら調べていた。なにをさがしていたのか？
4. ローリと仲が悪い。
5. 上司であるマーフィ教授ともうまくいっていないみたい。マーフィ教授に仕返しをするために発掘現場をめちゃめちゃにしようとしているのか？
6. トレーラーの中で教授のひとりと、幽霊になりすますとかいう話をしていたのはマイケル？

容疑者メモ

容疑者《ようぎしゃ》マーフィ教授

動《どう》　機《き》手柄をあげるため？

疑問点《ぎもんてん》

1. また出土品をねつ造しているのか？
それをかくしとおすためにみんなを
追い払おうとしているのか？

2. マーフィ教授が見つけたナイフを
盗んだのはだれ？　それとも教授自身が
トレーラーの下にかくしたのか？

3. トレーラーに残っていたのはマーフィ教授？
もしそうであれば、幽霊になりすます
などとひそひそ話をしていた相手はだれ？

4. エイボン大学の研究室に骨や
出土品を送ったのはマーフィ教授？
そうであればなぜ？

容疑者メモ

容疑者《ようぎしゃ》　フランク・プルイット

動《どう》機《き》　マーフィ教授のことを嫌っていて、いっしょにいたくないようだ。マーフィがいなくなれば、手柄は自分のものになる

疑問点《ぎもんてん》

1. みんなのまえでマーフィ教授とけんかをする。

2. ナイフを盗んだ？　もしそうであれば、なぜ？

3. トレーラーに残っていたのはフランク？もしそうであれば、幽霊になりすますなどとひそひそと話をしていた相手はだれ？

4. 幽霊が出現したあとで、トレーラーから出てきた。血まみれのナイフを置いたのはフランク？

容疑者メモ

容《よう》疑《ぎ》者《しゃ》　ケイスリーさん

動《どう》機《き》　お店で売るために出土品を手に入れたい？

疑《ぎ》問《もん》点《てん》

1、アンティークのお店を持っている。どうしてほんとうのことを話さなかったのか？

2. 発掘現場に何度も足を運んでいるのはなぜ？

3、どうにかしてナイフを盗み、あとで取りにいくつもりでかくしておいたのかも？

4. どうして名刺の裏にエイボン大学と書いてあったのか？

容疑者メモ

容疑者《ようぎしゃ》 ジェレマイア・ブレイクとそのおかあさん

動《どう》　機《き》 おかあさんの旧姓はなんとスミスだった!
言い伝えによるとこの親子は呪われている。
そのため発掘をだいなしにしたいと
思っている

疑問点《ぎもんてん》

1、ジェレマイアはジークを脅した。わたしたちを
ミニバイクではねるところだった。

2. おかあさんがナイフを盗んだ?

3. 発掘現場から人々を追い払うために、
血まみれのナイフを置いたのか?

4. おかあさんの指はほんとうにケガ
だったのか? それともにせものの
ナイフを置くときにバーベキューソースが
ついたのか?

5、発掘現場がめちゃくちゃに荒らされた
直後、ジェレマイアがいた。犯人は
ジェレマイア?

ジークは首を横にふった。「この人だ、という決め手がないね。なにが抜《ぬ》けてるんだろう？」

ジェンはあくびをがまんしようとして、顔をしかめた。「わからない。でも答えはあしたの朝までおあずけね。もう今日は限界《げんかい》だわ」

読者への挑戦《ちょうせん》

発掘現場《はっくつげんば》でいろいろな事件《じけん》を引き起こしている張本人《ちょうほんにん》はだれか、わかったかな？ジェンとジークもそれぞれの容疑者《ようぎしゃ》についてなかなかよいメモを残《のこ》しているが、大事な手がかりがいくつか抜《ぬ》けている。それがわからなければ、発掘現場を荒《あ》らしている人間を突《つ》き止めることはできない。

結論《けつろん》は出たかな？　時間はたっぷりある。じっくりメモを読みかえしてみよう。そしてジェンとジークが見落としていることをどんどん書きくわえてみるのだ。容疑者が特定《とくてい》できたら、最後《さいご》の章を読んでみてくれたまえ。さて、ジェンとジークはちりばめられた断片《だんぺん》をつなぎあわせて、この呪《のろ》われた森の怪事件《かいじけん》を解《と》き明かすことができたかな？

幸運を祈《いの》る！

解決篇《かいけつへん》 本件《ほんけん》、ひとまず解決！

翌朝《よくあさ》、ジェンはかろうじてベッドから這《は》いだした。朝食バイキングの準備《じゅんび》をするあいだも、オレンジジュース用のピッチャーに牛乳《ぎゅうにゅう》を入れそうになって、ビーおばさんに二回も注意された。

「目の下にくまができているし、顔色もよくないわよ」ビーおばさんがたまらなくなってきいた。そしてジェンの額《ひたい》に手をあてた。「具合《ぐあい》でも悪いの？」

「ううん、だいじょうぶよ」とジェン。「ゆうべ、よく眠《ねむ》れなかったの。それだけよ」

食事が終わり、あとかたづけをすませると、二人はすぐに発掘現場《はっくつげんば》へと向かった。記者会見を見のがしたくなかったのだ。今日こそすべてが明かされるだろうと二人は思っていた。

「ナイフ、持ってきた？」玄関《げんかん》を走りぬけながら、ジェンがきいた。

ジークはうなずいた。「リュックに入れてきたよ。なんかこれが必要《ひつよう》になる気がする」

ジェンは体をふるわせた。「ジークがそう言うと、なんかこわい」

二人は現場《げんば》に着くと、記者会見用にニュースキャスターたちが準備《じゅんび》した壇《だん》のほうへと急いだ。

学生たちは何人かずつでかたまって、雑談《ざつだん》している。緊張感《きんちょうかん》がただよっている、とジェンは思った。

一時が近づくにつれて、人々が壇のまえに設置《せっち》されたイスにすわりはじめた。ジェンがジークをひじでつついた。ジェレマイア・ブレイクがよろよろとイスに近づき、そしてすわった。ジェレマイアは二人のほうを見ようともしない。フランクとマーフィ教授《きょうじゅ》は壇上にそなえつけられた何本ものマイクをまえに立っている。

「このために正装《せいそう》したりはしないんだな」ジークが言った。

ジェンもうなずいた。くつも汚《よご》れているし、ズボンは泥《どろ》だらけだ。「ほんものの考古学者らしく見せたかったんじゃないの」

女の人が腕《うで》時計をトンとたたいて合図すると、カメラがいっせいにまわりはじめた。フランクがせきばらいをした。「メイン州《しゅう》ミスティックへようこそ。この土地で、初期の入植者たちにいったいなにが起きたのか、わたしたちがめざしているのはその謎《なぞ》を解《と》き明かすことです。一六九八年、二十三名の入植者たちが無残《むざん》にも殺《ころ》され――」

マーフィ教授《きょうじゅ》がマイクに顔を近づけ、フランクの言葉をさえぎった。「ほんとうのところ、今言ったことはすべてが真実ではないのです」

フランクはマーフィ教授をにらんだ。そしてとげとげしい声で言った。「自分で説明《せつめい》するかね？　それともこれも、あんたのお得意《とくい》のねつ造《ぞう》か？」

マーフィ教授が反論《はんろん》する間もないうちに、不気味《ぶきみ》な叫《さけ》び声がキャンプ場の端《はし》から聞こえてきた。そちらを見るまでもなく、ジェンとジークには正体がわかった。思ったとおり、血だらけの幽霊《ゆうれい》がこちらに向かってナイフをふりかざしていた。「き……え……う……せ……ろ……、き……え……う……せ……ろ……」うめき声をあげている。

「行こう」とジーク。ふと、この幽霊らしき人影《ひとかげ》のなにかがへんだと気づいたのだ。ジークは立ちあがると、ジェンがついてきているか確認《かくにん》もせずにかけだした。

ジークは居住地跡《きょじゅうちあと》の外側《そとがわ》をまわった。積《つ》みあげられた土や、きのう荒《あ》らされたあとできちんと元どおりになおした色ちがいのロープを、乱《みだ》さないよう気をつけた。森の入り口に着くと、一瞬《いっしゅん》ためらった。ジークが走りだしたとたんに幽霊《ゆうれい》は姿《すがた》を消したのだ。

追いついたジェンはすっかり息を切らしていた。「なにをしてるのよ？　頭でもおかしくなっちゃったの？」

「しゃべってた」ジークもあえぎながら言う。「言い伝《つた》えに出てくる幽霊はしゃべらないはずだ。おぼえてるだろう？　インターネットで読んだじゃないか」

「そうだったね」ジェンがゆっくりと口を開いた。「ということは、ほんものじゃないのね。ま、ほんものだと思ったことはないけど」急いでつけ加《くわ》えた。

「そうさ」ジークが考えながら言った。「だからといって、なぜこの幽霊があとかたもなく姿を消してしまうのかは、まだわからない」

そのころにはマイケルだけではなく、二人の教授《きょうじゅ》、ローリ、そしてマイクやカメラを手にした記者たちも、ジェンとジークにつづいて森に入りこんでいた。ジェレマイアも松葉杖《まつばづえ》をつきながらついてきていた。

ジェンとジークを先頭に、幽霊が通った道をたどった。こつぜんと消えた場所へ来ると、みんなで地面を調べた。

とつぜん、ジェンが動きを止めた。「わたしのフワフワボールをおぼえてる？」ジェンはジークにきいた。その場にいた全員が手を止め、二人を見た。

ジェンは空へとまっすぐにのびている木を見あげた。そして指をさした。みんなは木の枝《えだ》を見あげ、ぽかんと口を開けた。血だらけの幽霊《ゆうれい》が、一本の太い枝の上で身をちぢめていたのだ。

「ブレイクさん！」ジークが大声を出した。「あなたが幽霊だったんですか？」

ブレイクさんはため息をつくと、すばやく木からおりてきた。そしてジェレマイアの横に来ると、その肩《かた》に手をのせた。「みんなをこわがらせて追いだしたかっただけなの。うちの子が二人ともたてつづけにケガをするし、そのうえ妹もきのうバリカンで手を切るし。あの呪《のろ》いはほんものだったのよ！」

「ぼくも二人を追い払《はら》おうとしていたんだ」伏目《ふしめ》がちに双子《ふたご》を見ながら、ジェレマイアが白状《はくじょう》した。「謎《なぞ》を解《と》くのが得意《とくい》だと聞いていたし、このまま調べを進めれば、ぼくたちが呪われたスミスの子孫《しそん》だということがばれてしまう。そうなれば、おかあさんが幽霊になりすましていることにも気づくだろうし、考古学者たちを追いだすまえに計画がおじゃんになってしまう」

ブレイクさんは自分が着ている血だらけの衣装《いしょう》を見おろした。「これはたんなるケチャップ」と白状《はくじょう》し、ジークを見た。「指についたのを見て、ケガをしていると思ったのよね。ばんそうこうのこと、ありがとう。こんなさわぎを起こしてしまって、ほんとうにごめんなさい。ただ、家族が心配だったの。とくにケガがつづいてからは、まちがいなく呪《のろ》いが現実《げんじつ》になったと思ったわ」

ジークはジェレマイアのおかあさんの旧姓《きゅうせい》がスミスであること、すなわち殺《ころ》されたとされるミスティック入植者たちの唯一《ゆいいつ》の生き残《のこ》り、オバダイア・スミスの子孫《しそん》にあたることを、手早くみんなに説明《せつめい》した。

「抗議《こうぎ》している人たちは全員オバダイアの子孫なの？」ジェンがきいた。

ブレイクさんは首をふった。「いいえ。永遠《えいえん》に眠《ねむ》りにつく場所を荒《あ》らすべきではないと考える、市民《しみん》のかたがたよ。殺されたとなればなおさらだわ」

「それは事実とはいえない」マーフィ教授《きょうじゅ》が口をはさんだ。「殺されたのではないんだ」

まわりがざわめいた。

「なにを言っているんだ？」フランクがどなるように言った。「骨《ほね》が散乱《さんらん》していることからも証《しょう》明《めい》できるじゃないか。平和な集落《しゅうらく》であれば、遺体《いたい》はきちんと葬《ほうむ》られているはずだ」

ジークが手をあげて、さえぎった。みんなの注目を浴《あ》びて、大きく深呼吸《しんこきゅう》をした。「ほんとうにマーフィ教授《きょうじゅ》の言うとおりなんです。骨《ほね》には殺《ころ》された形跡《けいせき》がありません」

みんなはおどろきのあまり言葉を失《うしな》い、ジークをじっと見ていた。ようやく記者のひとりが口を開いた。「どうしてそんなことがわかるんですか？」

「インターネットでなにが目安になるのかを調べたんです」ジークが説明《せつめい》した。「そのあと、この現場《げんば》から出土した骨をいろいろ見てみました。ところが銃《じゅう》やナイフで殺された場合に骨に残《のこ》るという、切れ目やあとはどの骨にもありませんでした。なにかほかの理由で死んだのでしょう」

「そのとおりだよ」マーフィ教授が得意《とくい》げに声をあげた。「食中毒《しょくちゅうどく》だったんだ」

「なんだって？」フランクが早口で言った。「そんなばかな。あんたは昔使ったあのひきょうなやりかたで、みんなをだまそうとしているんだ」

マーフィ教授は軽蔑《けいべつ》するかのように目を細めた。「はるか昔に出土品をねつ造《ぞう》したのはわたしじゃないと、おまえもわかっているはずだ。そのときのわたしの助手だったんだからね」

「なにも証明《しょうめい》できないじゃないか」

マーフィ教授《きょうじゅ》はその言葉を無視《むし》してつづけた。「あまりにも昔のことだ。わたしが今証明したいのは、この集落《しゅうらく》に住んでいた不幸な人々がなぜ死んだのかということ、そして復讐《ふくしゅう》に燃《も》える幽《ゆう》霊《れい》も、呪《のろ》いも、まったく存在《そんざい》しないということだ。わたしはここで出土した骨《ほね》を、エイボン大学の法医《ほうい》人類学《じんるいがく》研究室で調べてもらったのだ。この子が言うとおり、暴力《ぼうりょく》のあとは骨には残《のこ》されていなかった。さらに出土したボウルやナイフも――」

「盗《ぬす》んでいたのはあんたか！」フランクが割《わ》りこんできた。「自分が見つけたナイフを盗んだのも、どうせあんただろう。その責任《せきにん》をわたしに押《お》しつけようとしていたんじゃないか！」

ジェンがジークを横から軽くつついた。ナイフのありかを知らせるには、今がいいタイミングだ。けれどもジークは首を横にふった。

ジェンは落ち着かない気持ちで体をずらし、みんなの足元を見た。けんかしているのを見ると、いつも落ち着かなくなる。それに教授のうちのひとりは、明らかにまだなにかをかくしている。でもそれがどちらなのかわからない。

「ナイフを盗んだのはわたしではない」マーフィ教授がすばやく反論《はんろん》した。「おまえが盗んだんだろう。それを証明《しょうめい》できないのが残念《ざんねん》だ」

ジェンは数日まえにトレーラーの下で、ナイフの上にひざまずいていたときのことを思い出した。「あの」自分でも気づかないうちに言葉を発していた。「だれが盗《ぬす》んだのか、知ってます。証明《しょうめい》もできます」

ジークは不思議《ふしぎ》そうな目でジェンを見た。初耳だ。

「ジークとわたしは、なんていうか、いろいろとさがしまわっていて、トレーラーの下にナイフが落ちていたのを見つけました。おそらくだれかがトレーラーの床《ゆか》にある扉《とびら》から落とし、あとで拾うつもりだったんでしょう。わたしたちはマーフィ教授《きょうじゅ》に返すつもりで、そのナイフを持ち帰ったんです。ただなかなか返す機会《きかい》がなくて」疑《うたが》っていたということは言わないほうがいいと、ジェンは判断《はんだん》した。

「でも次の日」とジェンはつづけた。「だれかが現場《げんば》を荒《あ》らした。行方《ゆくえ》不明のナイフをさがすためだったのではないかと、わたしたちは考えました」ジェンはゆっくりと観衆《かんしゅう》を見まわし、そして最後《さいご》にフランクを見すえた。「あなたですよね。マーフィ教授からナイフを盗んだのは」

「ばかばかしい」フランクは興奮《こうふん》した口調《くちょう》で返した。「どうしてそう思う？」ジェンはフランクのブーツを指さした。フランクは笑《わら》った。「わたしの足？　足がなんだって言うのかね？」

「これは新しいブーツです」ジェンはみんなに説明《せつめい》した。「現場《げんば》が荒《あ》らされるまえの日、このブーツはピカピカでした。あの日、わたしがぶつかったとき、つま先がスチール製《せい》の新しいブーツなのだと、言ってましたよね」

フランクは顔をしかめた。「だから？」

「今、そのブーツを見てください」とジェン。

フランクはふふっと笑《わら》った。「汚《よご》れているよ。これはおどろきだ。ここは遺跡発掘《いせきはっくつ》現場だよ。汚れるのはあたりまえじゃないか」

「でもつま先が緑色にはならないでしょう」ジェンが指摘《してき》した。「トレーラーの下の草地でひざをついたりしていなければね。ナイフをさがすために」

みんながフランクのブーツをじっと見つめた。

「いいぞ、ジェン！」ジークが応援《おうえん》している。「ぼくだったら気づかなかったよ」

ジェンがジークにほほえんだ。「気にしないでよ。ジークは骨《ほね》の謎《なぞ》を解《と》いてくれたんだし」そしてフランクに向きなおった。「それで？　わたしの推理《すいり》どおりでしょう？　それにナイフをさがして現場を荒らしたのも、あなたですよね？」

フランクはジェンをにらみつけた。「どうしてもあのナイフがほしかった」吐《は》きだすように言った。「記者会見で殺人《さつじん》に使用された凶器《きょうき》として公表したかった。だが、トレーラーの下にかくしたはずのナイフがなくなっていたので、頭が真っ白になってしまった。あらゆるところをさがしたけれど、見つからなかった」

「ちょっと待って」マーフィ教授《きょうじゅ》がフランクをさえぎり、双子《ふたご》のほうを向いた。「ということは、きみたち二人がナイフを持っているのかな?」

ジークはうなずくと、自分のリュックサックの中から丸めたトレーナーをゆっくりと取りだした。トレーナーを広げて、ナイフを見せた。「はい、どうぞ」

教授は一瞬《いっしゅん》そのナイフをじっと見て、ほほえんだ。そしてその古いナイフをかかげ、観衆《かんしゅう》に向かって話しはじめた。「このナイフで腐《くさ》った食べ物を切ったのでしょう。研究室では、ボウルやスプーンからきわめて有毒《ゆうどく》なバクテリアのあとが見つかりました。このナイフは調理場付近《ふきん》に埋《う》まっていました。もしこのナイフがバクテリアに何度もくりかえし接触《せっしょく》していたとすれば、刃の部分にはかなりはっきりと痕跡《こんせき》が残《のこ》されているはずです。それでわたしの仮説《かせつ》も立証《りっしょう》される」

「これは殺人に使われた凶器ではないということなのか?」フランクは気が抜《ぬ》けたようにつぶや

いた。

「凶器《きょうき》だと言ったじゃないですか」ローリがフランクを責《せ》めた。みんながローリを見た。「記者会見で凶器を公表すれば、わたしたちはまるでヒーローのようになれるし、マーフィ教授《きょうじゅ》は立場が悪くなる。そうすれば、わたしももう少しえらくなって……」しゃべりすぎたことに気づき、ローリの声は次第《しだい》に小さくなっていった。

「ハロウィーンの仮装《かそう》のような幽霊《ゆうれい》は、あなただったんですね」ジークは納得《なっとく》してうなずいた。

「フランクと共謀《きょうぼう》してさわぎを起こし、そのすきにフランクが血まみれのナイフをトレーラーの中にかくしておくつもりだったんでしょう。でもブレイクさんが同じときに幽霊となってあらわれたのは、計算外だった。ジェンはあなたが走り去るのを見ていました。でもシーツの端《はし》が破《やぶ》れて残《のこ》っていた。だからシーツが一枚《まい》しかないんですね」

ジェンがこっくりとうなずく。

「それに今思い出したけど、フランクとトレーラーの中でひそひそ話をしていたときに、ブレスレットがチャリンチャリンと鳴る音が聞こえました」

ローリが二人をにらみつけた。「あなたたちがやたらとかぎまわっていることには気づいていたわ」

「わたしたちをトレーラーに閉《と》じこめたでしょう！」ジェンが叫《さけ》んだ。「そのときも、チリンチリンというブレスレットの音が聞こえたもの」

ローリが困《こま》ったような顔をした。「ちょっと待って、なんのこと？」

しばらくしてジェンが言った。「じゃあ、あなたじゃなかったってこと？　バーベキューの直前なんだけど」

マイケルがむずかしい顔をして、一歩まえに出てきた。「それはぼくかもしれない。でも二人が中にいるなんて思いもしなかった。トレーラーの鍵《かぎ》が開いていたので、安全のため閉《し》めただけなんだ」そしてポケットの中から鍵がたくさんついたキーホルダーを取りだした。「聞こえたのは、これだったんじゃないかな」

「あなたもフランクとローリに協力《きょうりょく》してたの？」ジークがきいた。

マイケルが目を大きく見開いた。「まさか！」

「じゃ、〈ミスティック・カフェ〉で話していた相手はだれだったの？」

マイケルは一歩さがり、気まずそうに手で髪《かみ》をかきあげた。「あ、見られてたんだ」

双子《ふたご》はうなずいた。

「実を言うと、新しい雇《やと》い主《ぬし》なんだ。ローリも知ってるとおり、ずっと新しい仕事をさがしていた。ローリがそのことをすぐ口にするので、このままだと次の仕事が見つかるまえにクビになってしまうかもしれないと思っていた。この現場《げんば》では奇妙《きみょう》なことが起きていたし、もしマーフィ教《きょう》授《じゅ》が、そのう、出土品をまたねつ造《ぞう》したら、自分のキャリアがだいなしになると不安だった。ぼくがトップの助手だったから、そんなことになればぼくまで疑《うたが》われる」

「でもわたしは出土品をねつ造したことなど一度もない」マーフィ教授がくりかえした。「さっきも言ったが、その昔、フランクはわたしの助手だった。まちがいない、ねつ造したのはフランクだ。わたしの名声を汚《けが》そうとしたのだ。わたしをクビにして、手柄《てがら》を自分のものにしたかったのだ。残念《ざんねん》ながらそのとおりになった。だがわたしはなにも立証《りっしょう》できなかった」

マイケルが肩《かた》をすくめた。「そのことは知りませんでした。でも今なら信《しん》じます」そしてフランクに目を向けた。「すべての事実が明らかになりましたからね」

「ゆうべはなにをこそこそしていたんですか？」ジークがきいた。

マイケルがおどろいた顔をした。「どうしてそのことを知っているんだい？」

ジークはきまり悪くなった。「実をいうと、ぼくたちもその……こそこそしていたんです」

マイケルが笑《わら》った。「どうりでなにか音がしたと思ったわけだ。でもだれの姿《すがた》も見えなかったので、アライグマかなにかだろうって思ったんだ。出土品がならべてある机《つくえ》をチェックしに行ったんだけど、なにも変《か》わったことはなかった」

「じゃ、ほんものの頭蓋骨《ずがいこつ》や骨《ほね》をシートの下にもどしたりもしてないんですね？」ジェンがたずねた。

マイケルはおどろいたようにまゆをつりあげた。「いったいなんのことだい？」

マーフィ教授《きょうじゅ》がせきばらいをした。「おそらくわたしのことだろう。この子たちは頭蓋骨がにせものであることに気づいていた。じっと見ているところをつかまえたからね。どなりつけて、こそこそかぎまわるのをやめさせようとしたが、うまくいかなかった」うっすらと笑《え》みを浮《う》かべている。「石膏《せっこう》で頭蓋骨と骨を作ったんだ。だれにもばれずに、ほんものを大学の研究室に送って調べてもらうためにね。陶器《とうき》のかけらはまだ記録《きろく》されていなかったから、そこまでやる必要《ひつよう》はなかった。それに紛失《ふんしつ》していることを完全《かんぜん》に証明《しょうめい》できる人もいないだろうからね。ゆうべは石膏で作ったにせものを回収《かいしゅう》し、ほんものをすべてもどしたんだ」

「陶器《とうき》の破片《はへん》がいくつかなくなっていることには気づいていたわ」とローリ。「でもそんなものをどうしてほしがる人がいるのか、わからなかった」

ジェンがローリに向かって言った。「結局《けっきょく》、あなたがフランクと共謀《きょうぼう》して、この一連《いちれん》の事件《じけん》を引き起こしていたのね。でも血まみれのナイフはなんだったの？」

「それはフランクが考えたことだったのよ」ローリはフランクをじろりと見た。「血まみれのナイフを登場させれば、抗議者《こうぎしゃ》たちがほんもののナイフを盗《ぬす》み、代わりににせものを置《お》いたと思わせることができるって。ちゃちな安物のナイフを買ってきて、血の代わりにバーベキューソースを塗《ぬ》っておいたの。抗議者たちがやりそうな手だと言ってね。もしたくみに作られたにせものを使えば、抗議者がそこまでできるはずがないとマーフィ教授《きょうじゅ》に気づかれるだろうって」

「だまれ」フランクが怒《おこ》った声でつぶやいた。「しゃべりすぎだぞ」

ローリがフランクをするどくにらんだ。「そもそもあなたの言うことを聞かなければ、このどたばたに巻《ま》きこまれることもなかったんです」そして記者たちに向かって言った。「この人はとにかくマーフィ教授を憎《にく》んでいた。なぜかというと、いつも運よく貴重《きちょう》な品を発見できるからですって。あまりにもねたましかったので、マーフィ教授の名声を汚《けが》してやろうと何年かまえに思いついたそうです。その悪い評判《ひょうばん》は、たしかに何年間かは功《こう》を奏《そう》した。でもこの発掘現場《はっくつげんば》でまたいっしょになり、とても腹《はら》が立ったそうです。マーフィ教授《きょうじゅ》のキャリアを徹底的《てっていてき》につぶしてやるとフランクは言ってました」

ジークは首をふった。ローリが後悔《こうかい》していることはその声からわかったが、今後考古学の仕事をさがすときには苦労《くろう》するだろう。それにフランクのキャリアはまちがいなくおしまいだ。

「ケイスリーさんはどう関係《かんけい》があったんだろう？」ジェンが頭の中を整理しようとしながら、思わずつぶやいた。

「わたしのことかしら？」

ジェンはびっくりした。ケイスリーさんはいつの間に観衆《かんしゅう》に加《くわ》わっていたのだろう。

「わたしはアメリカ植民地時代《しょくみんち》の工芸品《こうげいひん》を専門《せんもん》にあつかっています。エイボン大学に雇《やと》われて、この発掘現場を監視《かんし》していたの。出土品が紛失《ふんしつ》していると聞いて、大学側が心配していたのです」

双子《ふたご》はうなずいた。これですべて納得《なっとく》がいく。

記者のひとりが首をふった。「こんなにおもしろい記者会見ははじめてね！」

「でもあの呪《のろ》いはどうなるのかしら?」ブレイクさんがきいた。「だれも殺《ころ》されていないということは、そんな呪いはもともとなかったってこと?」

「ええ、幸《さいわ》いそのような呪いなどありません」マーフィ教授《きょうじゅ》が言った。「あなたの先祖《せんぞ》が生き残《のこ》ったのは、腐《くさ》った食べ物を口にしなかったからですよ」

「ということはつまり」ジークがにやりとして言った。「呪いじゃなく幸運ってことだね!」

著者《ちょしゃ》ウィリアムズさんとアメリカの子どもたち——訳者《やくしゃ》あとがきにかえて

〈双子《ふたご》探偵《たんてい》ジーク&ジェン〉シリーズも三冊《さつ》めになりました。今回、二人が活躍《かつやく》する舞台《ぶたい》は、ミスティックの遺跡発掘作業《いせきはっくつさぎょう》の現場《げんば》。アメリカの建国《けんこく》よりさらに前の一六九八年夏、この土地の入植者たちがとつぜん命を落としています。言い伝《つた》えによると、無法者《むほうもの》に虐殺《ぎゃくさつ》されたとか。その言い伝えの真偽《しんぎ》をたしかめるために、住居跡《じゅうきょあと》が掘《ほ》り起こされているのです。ところが、発掘が進むにつれ、ケガがつづき、出土品がなくなり、さらには幽霊《ゆうれい》までもが出没《しゅつぼつ》するようになりました。実は、この土地を掘り起こすと不幸がもたらされるという古い言い伝えが残《のこ》されていたのです。はたしてこの呪《のろ》いは、ほんものなのか。これ以上《いじょう》の災難《さいなん》を食《く》い止めるためにも、早く真相を解明《かいめい》しなければ。ジークとジェンはさっそく捜査《そうさ》に乗りだしました。さあ、二人は手がかりをつかめたのでしょうか。

きれい好《ず》きで、ヨットやパソコンを操《あやつ》るのが得意《とくい》なジークと、サッカーが大好き、でも片《かた》づけが大の苦手《にがて》のジェン。二人は事件《じけん》と聞けば、調べずにはいられなくなる根っからの探偵《たんてい》です。今回も真夜中に発掘現場《はっくつげんば》をおとずれたり、図書館に資料《しりょう》をさがしに行ったりと、自転車でミスティックの町を縦横無尽《じゅうおうむじん》に走りまわります。二人はこのフットワークのよさと、容疑者《ようぎしゃ》メモを駆使《くし》して、これまでにも二つの事件《じけん》を解決《かいけつ》してきました。第一巻《かん》では、ホテルに宿泊《しゅくはく》していた校長の座《ざ》を争《あらそ》う候補者《こうほしゃ》五人に次々と襲《おそ》いかかる災難《さいなん》の謎《なぞ》を解明《かいめい》、第二巻では、その昔、灯台《とうだい》に棲《す》む幽霊《ゆうれい》が明かりを消し、船を沈《しず》め、宝《たから》を奪《うば》ったという言い伝《つた》えの真相を、さらにはその宝のありかを見つけだしました。そして今回は、はるか昔、植民地時代の不幸なできごとの真相を、そして次々と起こる事件の背景《はいけい》を明らかにしようと奮闘《ふんとう》します。

ジークとジェンは小学生。そして物語は二人が住むミスティック灯台ホテルを中心に、町の図書館やお店、そして二人が通う小学校などで展開《てんかい》します。スクールバスでの登下校、お昼休みのカフェテリア、そして学校の課外授業《かがいじゅぎょう》の様子など、子どもたちの日常《にちじょう》がとても生き生きと描《えが》かれていることに気づかれた方も多いでしょう。実は著者《ちょしゃ》のローラ・E・ウィリアムズさんは小説家《しょうせつか》であると同時に、学校教師《きょうし》としての経験《けいけん》もあるのです。ウィリアムズさんは韓国《かんこく》で生まれ、幼少期《ようしょうき》をベルギーとハワイですごしています。ハワイでは、海にもぐったり凧《たこ》あげをしたりして遊んでいるとき以外《いがい》は、ほとんど本を読んでいたくらい読書好《ず》きだったといいます。そのときの蓄積《ちくせき》が、大人《おとな》になり「自分で物語を書きたい」と思うようになった源《みなもと》だろうと本人は語っています。と同時に、教師《きょうし》としての経験《けいけん》から子どもたちの活字《かつじ》ばなれ、さらには作文嫌《ぎら》いの深刻《しんこく》さを痛感《つうかん》したそうです。

ウィリアムズさんは三十冊以上《さついじょう》もの児童書《じどうしょ》を書いていますが、趣味《しゅみ》の写真をふんだんに掲載《けいさい》した本も出版《しゅっぱん》しています。これらの本はアメリカで、英語《えいご》の教材《きょうざい》として活用されています。アメリカは子どもたちの学力低下《ていか》に歯止めをかけるため、二〇〇〇年ごろから国をあげて教育改革《かいかく》に取り組んでいます。その中心がNo Child Left Behind（ひとりの子どもも落ちこぼれにしない）とReading First（早期読書指導《しどう》）のプログラムです。読む力をつけることこそが教育の原点だという考えに基《もと》づき、幼《おさな》いころから読解力《どっかいりょく》をつけることに力を入れており、その教材にウィリアムズさんの本が活用されているのです。これらの本は、意識的《いしきてき》にアフリカ系《けい》、中国系、日系、ラテン系など、さまざまな生まれや育ちのアメリカ人を登場させ、比較的《ひかくてき》英語が苦手《にがて》なこれらマイノリティーの子どもたちでも自分と同じ境遇《きょうぐう》の登場人物に共感《きょうかん》することにより、自分もまた社会に受け入れられていることを実感できるように作られています。

多文化社会を意識したこれらの本の背景《はいけい》にはウィリアムズさんの生《お》い立ちも大きく影響《えいきょう》しています。実はウィリアムズさんは先に述《の》べたとおり、韓国《かんこく》で生まれました。そして生後十八カ月のときに、アメリカの養父母《ようふぼ》のもとに引き取られたのです。このようにして海外からアメリカへやってくる例《れい》は、けっしてめずらしくはありません。実際《じっさい》、アメリカには、髪《かみ》の毛の色も、目の色も異《こと》なる人たちがたくさん住んでいます。町の看板《かんばん》には、英語《えいご》だけではなく、スペイン語、韓国語《かんこくご》など、いくつもの言語がならぶことも少なくありません。そのようなさまざまな文化の人たちが、ぶつかりあい、助けあいながら生きているのです。以前《いぜん》はそんなアメリカを〝人種《じんしゅ》のるつぼ〟と呼《よ》んでいました。最近《さいきん》では、すべてを溶《と》かして混《ま》ぜあわせてしまうるつぼではなく、〝人種のサラダボウル〟という表現《ひょうげん》が使われるようになりました。サラダはキュウリやトマト、レタスなどひとつひとつの野菜《やさい》の味が生きると同時に、全体としてよい味に仕上がる。アメリカはこのようにひとつの国としてのまとまりを保《たも》ちながら、それぞれの文化のよさも残《のこ》し、ひとりひとりがかがやける社会をめざしているというのです。その一端《いったん》をウィリアムズさんも担《にな》っているといえるのではないでしょうか。

そんなウィリアムズさん、余暇《よか》には、趣味《しゅみ》の写真や絵画、さらにはラバースタンプに没頭《ぼっとう》しているとか。しかもこの物語に登場するような灯台《とうだい》を改装《かいそう》したB&B（朝食つきのしゃれた民宿《みんしゅく》）に泊《と》まってみたいと思っているそうです。将来《しょうらい》は、ビーおばさんのように、博識《はくしき》なおばあさんになって、スタンプアートで飾《かざ》られたすてきなB&Bを開いているかもしれません。

さて、第四巻《かん》ではジークとジェンが通う小学校にサーカスがやってきます。しかも移動《いどう》遊園地つきです。小学校はまさにお祭りさわぎ。先生たちも授業《じゅぎょう》を短縮《たんしゅく》して、子《こ》どもたちがサーカスや遊園地を満喫《まんきつ》できるよう、粋《いき》な計《はか》らいをしてくれます。サーカスの目玉は大きなトラによるショー。ところが、ショーの直前、そのトラがこつぜんと姿《すがた》を消してしまったのです。サーカスはどうなるのか、トラはどこにいるのか、またしてもジークとジェンの出番です。あなただったら、どこをさがしますか？あなたの近くで、トラが消えたら……ちょっとこわいけど、そんなことを想像《そうぞう》しながら、第四巻《かん》を楽しみに待っていてくださいね。

二〇〇六年五月

早川書房の児童書〈ハリネズミの本箱〉

〈双子探偵ジーク＆ジェン③〉
呪《のろ》われた森《もり》の怪事件《かいじけん》

二〇〇六年六月十日　初版印刷
二〇〇六年六月十五日　初版発行

著者　ローラ・E・ウィリアムズ
訳者　石田理恵《いしだりえ》
発行者　早川浩
発行所　株式会社早川書房
東京都千代田区神田多町二ノ二
電話　〇三‐三二五二‐三一一一（大代表）
振替　〇〇一六〇‐三‐四七七九九
http://www.hayakawa-online.co.jp
印刷所　株式会社精興社
製本所　大口製本印刷株式会社

Printed and bound in Japan
ISBN4-15-250042-5　C8097

容疑者メモ

容疑者《ようぎしゃ》

動機《どうき》

疑問点《ぎもんてん》

早川書房の児童書〈ハリネズミの本箱〉

長すぎる夏休み

ポリー・ホーヴァート
目黒 条訳
46判上製

ハチャメチャな夏の旅に出発！

ぼくはヘンリー。両親の留守《るす》中、面倒《めんどう》を見てくれるおばさん二人が、とつぜん旅行に出ると言いだし、行きあたりばったりのいいかげんな旅に巻《ま》きこまれて……『ブルーベリー・ソースの季《き》節《せつ》』の著者《ちょしゃ》が贈《おく》る、笑《わら》いと驚《おどろ》きの物語

早川書房の児童書〈ハリネズミの本箱〉

アニモーフ

1 エイリアンの侵略《しんりゃく》
2 おそろしき訪問者《ほうもんしゃ》
3 宇宙船《うちゅうせん》との対決《たいけつ》
4 海底《かいてい》からの声
5 生き残《のこ》るために

K・A・アップルゲイト
羽地和世・石田理恵訳
46判上製

熱狂的《ねっきょうてき》人気を誇《ほこ》るSFシリーズ

中学生のジェイク、レイチェル、トバイアス、キャシー、マルコの五人は、下校途中《とちゅう》、不時着《ふじちゃく》した宇宙船《うちゅうせん》を見つけた。乗っていた瀕死《ひんし》のエイリアンから、動物に変身《へんしん》するアニモーフという力を授《さず》かった五人は、地球侵略《しんりゃく》をたくらむ邪悪《じゃあく》なエイリアン、イェルクとの戦《たたか》いに立ちあがった！